地球村系列

僅將此書獻給一位堅強、獨立又具韌性的臺灣女人，
我的母親——林盈足女士。

來自非洲的33封信

㊤

非洲南部五國簡介

地理位置 南非位於非洲大陸最南端，東臨印度洋、西瀕大西洋，北與納米比亞、波札那、辛巴威、莫三比克及史瓦濟蘭接壤，賴索托坐落於境內。

面積 南非約一百二十二萬平方公里；賴索托約三萬平方公里；史瓦濟蘭約一萬七千平方公里；莫三比克約八十萬平方公里；辛巴威約三十九萬平方公里。

人口 南非約五千萬人；賴索托約兩百萬人；史瓦濟蘭約一百二十三萬人；莫三比克約兩千五百萬人；辛巴威約一千三百萬人。

語言 南非：英語、南非荷蘭語；賴索托：英語、索托語；史瓦濟蘭：英語、史瓦濟語；莫三比克：葡萄牙語；辛巴威：英語。

首都 南非：行政首都普里托利亞，司法首都布魯芳登，立法首都開普敦；賴索托：馬賽魯；史瓦濟蘭：姆巴巴內；莫三比克：馬布多；辛巴威：哈拉雷。

氣候 南非溫暖、乾燥且陽光充沛；賴索托乾爽；史瓦濟蘭高地涼爽，東南低地夏季溼熱；莫三比克炎熱潮溼；辛巴威溫和乾燥。

經濟 南非礦產額占非洲之半，金、鉻、鑽石、白金生產量均占世界第一；賴索托自然資源匱乏，農牧不足自給；史瓦濟蘭發展落後，仰賴外援；莫三比克務農爲主，收穫勉強餬口；辛巴威逐漸擺脫惡性通貨膨脹。

宗教 南非、賴索托、史瓦濟蘭信仰基督教新教、天主教及原始宗教；莫三比克信仰原始宗教；辛巴威信仰基督教、傳統部族宗教。

安哥拉
尚比亞
哈拉雷
辛巴威
納米比亞
波扎那
莫三比克
普里托利亞
姆巴巴內
馬布多
約翰尼斯堡
史瓦濟蘭
新堡
南非
馬賽魯
雷地史密斯
布魯芳登
賴索托
德本
大西洋
印度洋
開普敦
伊利莎白港

推薦序

看見遠方，珍惜眼前

陳永綽

認識慈濟人文志業中心中文期刊部撰述涂心怡小姐，是個很偶然的機緣。我們在大愛電視臺一起接受《經典雜誌》總編輯王志宏先生的訪談，討論南非的風土民情。當時我就覺得坐在旁邊侃侃而談的這位女士，年紀雖輕，但是對於非洲南部的了解，並不亞於職業外交官。

幾天後，我接到她寄來的一本採訪實錄《彩虹上的鑽石——南非》，翻閱之後，愛不釋手。因爲她在書中所描述的人事地物，對我而言都非常眞切。我曾奉派到南非約翰尼斯堡擔任處長三年，對當地及鄰近國家的民情略知一二。

涂小姐的文章適時勾起我對南非的種種甘苦回憶，心情也隨著她所描述的人、事、地、物而澎湃起伏。因此，當她打電話請我爲她的新書寫序時，明知國內了解非洲事務的學者專家很多，比我更適合爲本書寫序的人比比皆是，卻捨不得拒絕；或許是個人對南非那一分難以割捨的情結，以及　女士細膩的觀察力與生動的筆調，令人難以回絕吧！

臺灣與非洲南部距離相當遙遠，套一句作者的話「臺灣與南非的距離是從春天到秋天，並橫跨六個時區，從北半球到南半球」。飛一趟要十四個小時，如果再轉到史瓦濟蘭或辛巴威等鄰近國家，那就更久了。

所以，多數國人對非洲南部的了解都侷限於一般媒體泛泛的報導，不夠深入，而且印象容易偏頗，對那個區塊所發生的事，常會有「跟我有什麼關係？」的直覺。然而，我們身在這個資訊爆發的地球村時代，全球任何一個角落所發生的天災人禍，不論你我接不接受，都會直接或間接影響我們的生活。饑荒、貧窮、戰爭或傳染病，並不會因爲政治的疆界而有所阻隔。

非洲地區天然資源豐富，但是歷經早期殖民統治的強取豪奪，大肆搜刮，近期的人謀不臧，戰亂紛紜，爭權奪利，疾病橫行，社會安全體制崩潰，貧富懸殊拉大，失業率很高，窮鄉僻壤的居民甚至勞碌終日仍難以取得溫飽。這種現象在本書所描述的五個非洲南部國家——南非、賴索托、史瓦濟蘭、莫三比克以及辛巴威，隨處可見。

曾經有人說，佛教未來的希望在非洲。因爲在政經發達的地方，一般人養尊處優慣了，追求的是錦衣玉食、富貴名利等物質上的享受，願意拋除物欲虛心向佛的人幾稀。但是在窮苦的非洲地區，多數人在難以溫飽的情況下，接引他們走菩薩道或許相對容易。

慈濟人懷著悲天憫人的胸懷，在遙遠的黑色大陸撒播大愛。他們帶領一群本土志工，冒著生命危險，深入蠻荒之地，去救助及教育當地貧病的居民，奉行慈濟宗門人間路的信念，而且不求回報，令人感佩。

有的志工在遭受槍擊後，不但沒有恨意，反而認爲自己做得不夠好；有的志工自備理髮工具，爲長滿頭癬的兒童修整門面，卻因吸入過多頭癬細菌而得重病，但仍努力不懈；有的志工以克難方式，替當地學童整建學校，募集書冊，訓練謀生技能；有的不懼病菌感染，膚慰愛滋病患。

這群犧牲奉獻默默行善的慈濟志工，以約堡的張敏輝師兄、雷地史密斯的施鴻祺師兄、德本的潘明水師兄、辛巴威的朱金財師兄以及莫三比克的蔡岱霖師姊等人爲代表，背後那一段感人的傳奇故事，都詳錄在本書，值得讀者深入品味。

作者透過兒時的記憶，以家書的方式，將發生在臺灣窮鄉僻壤（臺南北門）周遭的人與事，與非洲南部五國的貧困落伍狀況，作一有趣的對比與連結，相當具有可讀性。比如說在四、五十年代，臺灣學童頭上常有頭蝨，要用ＤＤＴ消毒；目前非洲兒童身上則有頭癬，得理光頭再擦藥。

五、六十年前，臺灣南部因飲水中含砷量過高造成末端截肢的「烏腳病」，生不如死，令人聞之色變；非洲南部則有多數人不敢面對的「愛滋病」，僅南非一國，平均每十人就有一人是ＨＩＶ帶原者，愛滋病患者超過五百五十萬人。

在臺南北門鄉下，一間小而簡陋的圖書館，就能帶領一個天眞無邪的小孩，神遊在安徒生的童話世界裏，逐漸展開她對世界的認知與好奇；在南非偏鄉，由於欠缺教育資源，學童們連「熊」都不認識，因爲南非沒有熊，圖書館也沒書……

事實上，本書可說是一本大愛的全紀錄，記載著慈濟人在非洲黑色大陸如何見苦知福，勤行菩薩道，透過愛與關懷去與那些苦難的居民廣結善緣。

當你捧起這本書倚窗詳讀，就像是看到遠方親人捎來的家書，跟你訴說遙遠非洲的種種傳奇故事，非常親切感人，心情不但會隨著那些人的不平凡際遇而起伏，也會更加了解我們在臺灣能夠平安溫飽，而且有餘力去幫助需要的人，是何等的幸福、感恩！

證嚴上人一直要我們知福、惜福、再造福。本書的出版，適可爲慈濟人在非洲南部廣行菩薩道的事蹟，作一詳盡的見證。倘能藉此振聾發聵，警醒我們要好好珍惜目前擁有的一切，或許也是作者內心深處小小的期望吧！

（本文作者為中華民國退休大使）

目錄

第一封信

掠奪與奴役

from: Johannesburg
R.S.A

親愛的：

歷經十四小時的機程以及惱人的候機時間，終於抵達非洲了！

出門之前，打電話跟你說我要到非洲南部五個國家採訪，你一聽到非洲，直覺就說：「需不需要帶些東西過去吃？」

這是非洲給不曾去過非洲的人的刻板印象，也是我一直以爲會看到的景象，可是我得告訴你，抵達第一站南非時，站在約翰尼斯堡（簡稱約堡）的奧立佛譚波國際機場那簡潔明亮的大廳，內心只有濃稠的失望，走出機場進入市區後，失望法碼一個接著一個把我腦中的幻想泡泡壓破。

「怎麼可能？這才不是非洲！」我在心中吶喊。

車子行出機場，一條條寬大平坦的柏油路既蜿蜒又筆直，交錯複雜卻又富具規畫，我聽見腦中「波」的一聲，法碼又壓破了一個泡泡。我以爲一出機場應該要馬上看見泥巴路才對。

「早在二十多年前，這些道路就已經存在著，施工品質甚至排行世界前三名。」流暢地開著車，曾任導遊的臺商Gino，克盡職責地替我們介紹著。

南非的道路，筆直又平順，坐在車上，常令人舒服地想進入夢鄉。

像是要打破我們腦海中的非洲框框，Gino帶我們到曼德拉廣場，親眼見證百貨公司的氣派；金融中心的商貿大樓聳立在夕陽下，熠熠地閃耀著金黃光輝；社區型的觀光景點瓦爾河兩旁，盡是備有小船與碼頭的豪宅住戶；還有與高爾夫球場結合的社區，前有湖泊後有球道的居家住宅，氣派的洋房彷彿是從電影裏搬出來的……

回到Gino的家，也是我們在南非的臨時住所，像這樣的一般住宅區，也都具有濃厚的西洋風情，寬大的庭院，英式造型的美麗建築，彷彿置身歐洲。

我忍不住脫口說：「這不是非洲吧？」

Gino笑而不答，卻在接下來幾天，透過實地勘查，結結實實地替我們上了一堂南非歷史課。聽著、聽著，不知道爲什麼，我卻一直想著臺灣，但我明白地了解，那絕對不是思念的情感作祟。

記得你曾給我看過一張外婆小時候的照片，黑白影像看不出色彩，但臉

約堡的百貨公司裏，各色人種都看得到，黃種人、印度人、黑人與白人齊聚在同一空間，這在以往的南非是絕對不可能出現的景象。

型輪廓卻遮掩不住外婆家族的西方面孔。你說，外婆有四分之一的荷蘭血統，小時候的我靜靜地聽著，也不覺得有什麼不對。

我們倆從未一起到過臺南市區的安平古堡，但都曾轉著圈繞爬上古堡的頂端，恭喜自己突破體能極限，坐在毫無作用的大砲上，爲青春留下一靨燦爛的笑容……我們在不同時空都做過同樣的事，因爲我們都是臺南人，而安平古堡是南部中、小學校外教學的必訪景點。

安平古堡以它堅實又粗舊的磚牆訴說著歷史，古時這座城的名字是熱蘭遮城，一六二二年荷蘭人將它築起作爲統治中心，開始了長達四十年的殖民。這也是外婆擁有荷蘭血統的原因之一。

翻開歷史課本，臺灣是一個命運多舛的島嶼，它曾不被重視，而後葡萄牙人、西班牙人前來駐點，荷蘭與日本更前後在這裏築起殖民王國，也在此繁衍後代子孫。有葡萄牙、西班牙以及荷蘭血統者已不可考，流淌日本血液者則估計有一百萬人口。再加上原有的閩南人、客家人、外省人以及原住民，其中原住民又分高山族十四族、平埔族九族等，還有這幾年來自越南、菲律賓、印尼、泰國等地的外籍配偶，臺灣如此蕞爾小島的人口多元化，令人瞠目結舌。

曾以為臺灣就很複雜了，你知道嗎？南非竟然也是！有個廣告就吐露些端倪，它這麼說：「旅遊南非，等於環遊世界。」一九九四年以前，南非國旗由荷蘭、英國、德蘭斯瓦爾、奧蘭治四國國旗組合而成，透露歐洲各國在此駐足的痕跡，這些殖民者的後代，仍有大部分人留在此繁衍子孫。

外婆祖先的國家也曾在南非殖民過一段不算短的時間，還有葡萄牙人、英國人等，加上為數不少的亞洲人、印度人、鄰近國家遷徙而來的人們，以及國內原有的九個黑人部族，讓這個國家的官方語言高達十一種！

在我們鄉下，人們都認為出國是一件很光榮的事情，但絕對不會包含非洲。或許你會想問：「為什麼一個非洲國家那麼多人搶著去？」抵達南非的第二天，Gino很快就在路途解答這一切。

「那是金山，全約堡總計有兩百四十七座。」他指著路旁一座座黃沙顏色的小丘，「據說那些沙土還可以再精鍊出金子來，已經有人打這些金山的主意了。」

金山是由精鍊黃金後所廢棄不用的土堆疊而成，這些廢土堆疊出一巒巒的山地丘陵，是名副其實的現代造山運動。南非黃金的產量占世界總儲量百分之三十五，是全球最大的產金中心。

Gino不當導遊超過十年，但仍能告訴我們當年南非發現金礦的過程——

一八八六年，澳洲人喬治．哈里遜（George Harrison）在約堡附近的朗格拉特農場當長工，有一天他出外散步，走著走著踢到一塊閃亮石頭，哈里遜剝開石塊，豁然發現一條純金色的金脈。

走著走著突然踢到一塊黃金？彷若睡前的童話故事情節。我聽到後興奮地打電話跟阿嬤說：「我會踢一顆紅寶石帶回來給你的！」阿嬤和在電話旁的你笑得樂不可支。

無論野史是否正確，無疑的是，之後在哈里遜撿到金礦的附近，開挖出世界上最大的脈礦，逾五百公里長，後稱此爲「皇冠脈區」。

南非真的跟臺灣好像是不是？臺灣之所以被殖民，很大一個因素是因爲這座尚未被開發的福爾摩沙有著品質優良的樟腦、百年巨木，還有黃金！

南非成爲比臺灣還要百家爭鳴之地不是沒有原因。她不僅蘊藏黃金，還有煤礦、鑽石、鐵礦等高達七十多種礦產資源，不僅占非洲礦量的百分之五十，更位居全球第五；並擁有罕見的鉑族金屬，這種金屬全世界只有南非和辛巴威有。

南非的多金引起各國商人的好奇，紛紛前來一探地下黃金的風采，國際貿易開始活絡，一九八〇年代左右，南非政府更推出優惠的金融補助政策——當年一元美金兌四斐鍰的匯率，外商可以享受到一元美金換七斐鍰的優惠。

歷史課上，老師告訴我們，河流是陸地生態系統之一，也是人類文明賴以生存發展的基礎，人類早期文明無不是緊靠河流的孕育，現在各大城市也無不緊靠著河流蜿蜒出繁榮，就如香港的維多利亞港、開羅的尼羅河、巴黎的塞納河、上海的黃埔江，以及臺北的淡水河與基隆河。

而我們臺南的曾文溪，它不僅是臺灣第四長的河流，對南部影響甚鉅，供水、發電甚至發展觀光，再加上所挾帶的砂石與生物碎屑在出海口沈積，提供大量養分，孕育河口地區豐富的底棲與浮游生物，吸引大量水鳥棲息，隔壁鄉鎮七股就是因珍貴鳥類黑面琵鷺前來棲息而聞名。

然而，約堡這個不近河也不靠海的不毛之地，卻是靠著一條不流動的金色河流——金礦——逐漸成長茁壯，原是沙漠的約堡靠著這條地下的金色河流，在短短幾年間堆疊出一座又一座的大樓，搭建起繁雜卻又便捷的道路交通，一步步地築出它的經濟強權。經商的Gino笑說：「我們這個圈子的人常說，約堡根本是一座樂高城市，很快就疊起來了。」如今約堡不僅是南非最大的城市，也是整個非洲的經濟中心。

高中時期，臺灣推出樂透彩券，當時我跟其他三位同學以自己的座號，合買一張五十元的樂透彩券。對獎那天，緊張萬分地守在電視機前面，心臟都快從嘴裏吐出來，最後卻只對中兩個號碼，連最小獎六百元都沒領到，你

當時在旁邊看了，笑著對我說：「得了頭獎也不會是一件好事。」這句話我一直不很明白，人人都想當富翁不是嗎？然而今日站在南非的土地上，看著這個當之無愧成爲世界資源人國之一，好幾年前你對我講的那句話悄悄地浮現腦海。

若以戰略而言，河流可以成爲城牆之外另一道防護，然而黃金所帶來的，卻是驚心的劫掠。

曾轟動全臺的國片《賽德克·巴萊》，講述的就是殖民時期莫那·魯道帶領賽德克族對抗日軍的故事，歷史課本上，我們稱爲霧社事件。電影裏有一幕場景是日軍指派賽德克人到山裏伐木的場景，爲了節省體力，少數原住民運用鐵索從山上運到山下，運送途中造成木材刮損，這些工人被日本警察狠狠鞭斥一頓。

這些百年巨木可以爲人們帶來一筆可觀的財富，卻也爲臺灣人帶來殖民的劫難；反觀資源比臺灣豐富的南非，也因爲富可敵國的礦產資源，飽受殖民的痛楚，所造成的影響，直至今日都還陰影未散。

日本殖民對於臺灣，殘留的傷痛是慰安婦們未能得到日本官方的公開致歉；而殖民對於南非，至今都像顆毒瘤般地持續釋放致命元素的政策，非屬種族隔離制度不可。

種族隔離，聯合國稱此是「一種對人類的犯罪」。

南非的種族隔離制度，實際上從一六五二年，歐洲殖民者踏上這塊土地就已經開始；一九四八年此制度達到顛峰，並制定明確的各項制度與規章。白人統管時期，爲數不多的白人壟斷一切政治經濟權力，控制社會與文化生活，占人口總數近百分之八十的黑人卻被列爲次等公民。

著名的黑人領袖尼爾森·曼德拉（Nelson Mandela）曾抨擊：「否認任何人的人權是對人性的挑戰。將饑饉和被剝奪的悲慘生活強加於人的作法等於泯滅人性，但這正是我國處於種族隔離制度下的所有黑人的悲慘命運。」

Gino說，若要更進一步了解種族隔離時期，黑人所遭受的不平等待遇，非得要走一趟種族隔離博物館，「那是如今南非對於扭曲的時代保留最完整見證的地方。」

在售票窗口以一百斐鍰購買兩張門票，我和攝影記者所拿到的門票皆爲白底黑字，但是一張是「BLANKES WHITES」，另一張上面則寫著「NIE-

BLANKES NON-WHITES」，意味白人與非白人之差。

博物館入口處也一分爲二，大大的文字告示著——一邊是白人通道，另一邊是非白人通道。我仔細再看看手中的門票，偌大的黑白分離字樣下，仍有一行小字提醒著——這只是無傷大雅的設計，參觀者仍可以自由地選擇白人專屬入口，或是非白人的入口。

我看了看自己偏黃的膚色，毫不遲疑地選擇非白人入口進到博物館。以訪客心態推開這道門，內心並沒有一絲不痛快，但是當年的黑人呢？

一進入種族隔離博物館，幽暗而陰冷的走道兩旁，掛著一張張被放大的身分證明。白人的身分證上，印有「南非公民」，而非白人的身分證件上，則標名「本土人」，並註明其民族。可見當時黑人的地位，也能夠以此窺見近乎爲零的福利。

順著導覽動線走下去，無數當初被放置於公車、旅館或電影院等公共場合的「白人專用」告示牌，用以處死觸法黑人的吊繩，就連「有幸」和白人一起合照，也必須蹲低身子。黑人的地位，在種族隔離制度下，猶如印度種性制度中的賤民。

種族隔離博物館大門，分白人與非白人兩個入口，以訪客心態擇一進入，內心並無一絲不快，但是當年的黑人呢？

那個年代，白人住在郊區，黑人只能住在特定的鎮區，方便官方統理。只有被白人雇用的黑人，才能出入白人居住與辦公的地方；且出入時，還得帶著身分證與出入許可證。未持有許可證的情況下，不得在城鎮地區停留七十二小時以上，亦不得無證進入白人居住地區。

每年因違反上述規定而遭逮捕者超過十萬人！我曾看過一篇報導，一名黑人幫傭出門倒垃圾，因爲沒將出入許可證帶在身上，遭到警察盤查而被抓進監獄。當時，甚至還規定太陽下山前，所有黑人都必須返回自己的家園，不得在城裏進出。

可嘆的是，帶有鮮明種族隔離色彩的政策，也落實在教育制度上，並以法律形式確定下來，稱爲「班圖人教育法」。政府明文規定，白人、有色人以及印度人的孩子享有義務教育，黑人小孩則無，黑人學校更是少之又少。

南非聖公會大主教迪斯蒙德．圖圖（Desmond Tutu），在美國紐約的一次宗教演講中說：「白人傳教士剛到非洲時，他們手裏有聖經，我們黑人手裏有土地。傳教士說：『讓我們祈禱吧！』於是我們閉目祈禱。可是當我們睜開眼睛時，發現情況顚倒過來了——我們手裏有了聖經，而他們手裏有了土地。」

被剝奪人權生活在自己的土地上，我想殖民時期的臺灣人懂。進入博物館前探索知識的愉悅心情已消失殆盡，我爲種族隔離時期的黑人感到哀傷，爲殖民時期的臺灣人感到心痛，爲你我生活在這個平和的年代向上天感恩。

第二封信

窮人的天堂

from: Johannesburg
R.S.A

親愛的：

今天Gino帶我們到舉辦過二〇一〇年世界盃球賽的足球場——足球城體育場。世界盃足球賽期間，揭幕戰、決賽都在這個非洲最大的足球場舉行，裏面可以容納九萬四千七百人！想想臺灣最大的職業棒球場，也不過才兩萬個座位。

站在球場外，我想起未曾見過面的外公。

外公英年早逝，在我腦海中的他，是透過你的一言一語以及對他深深的思念所建構而成的。

你曾告訴我，外公是一位棒球教練，至今很多叫得出名字的棒球教練都曾是外公的學生。日前往生的中華職棒義大犀牛隊總教練徐生明，這位擅長蝴蝶球的投手歷經大小國際賽事，一生被譽爲臺灣棒球運動歷史縮影的傳奇人物，你說，外公也曾教過他。

面對國際賽事時，臺灣人對棒球的瘋狂著迷，你總是會再把這件事提一次，以此緬懷外公，如同禮讚。

我不很清楚自己熱愛棒球的原因是從何而來，但對外公所感到無比驕傲是清晰無誤的。

棒球是臺灣的驕傲，但在國際賽事上，卻僅能以「中華臺北」取代中華民國、臺灣出賽，每一次，政府都向國際賽事抗議，結果都是不得已地妥協。政治人物憤喊國家尊嚴，球迷帶著青天白日滿地紅的國旗前往加油昭告國家容貌……一切緣起於歷史。

一八九五年甲午戰爭結束，滿清政府戰敗，於馬關條約中將臺灣割讓給積極向外擴展勢力的日本，長達五十年的日本殖民結束於二次世界大戰之後，臺灣正式回歸中國，然國共內戰興起，蔣介石帶領部隊轉進臺灣，中華民國政府移居至此，然而大多數國家卻不承認臺灣是一個擁有主權的國家。

國際外交受阻、經濟貿易協定無法通行、剔除國際會議資格，甚至連我們最熱衷的棒球都被牽扯其中。你知道嗎？一九九四年前的南非亦是如此。

想想南非，我們眞的是好太多了，至少還能出國贏獎牌，他們卻連參賽都被禁止，這是因爲國際撻伐南非所實行的種族隔離制度。

自一九六〇年代開始，國際對南非實行經濟制裁。「經濟制裁」四個

足球城體育場是以傳統非洲陶器為設計概念，底部赭紅色拼貼模擬火焰，寓意足球把南非多種族與不同文化融合在一起。

字，對一般平民如我們，或許會先想到銀行帳戶凍結，但若是用在國與國之間，影響可大呢！當時的南非跟如今的臺灣頗為相似，以臺灣目前在國際上的處境，大概就能明曉一二。

南非擁有豐富的礦產資源以及豐饒沃土，但關係民生經濟和國防需要的石油產品卻全仰賴進口，石油輸出國組織自一九七三年起對南非實行石油禁運，此舉嚴重打擊南非的經濟發展。一九七七年，聯合國更通過一項決議，對南非實行強制的武器禁運，藉此譴責南非政府「用大規模暴力和殺戮手段對付非洲人」。再者，黑人反抗在一九八〇年代達到顛峰，全面起義近在眼前，一九八九年九月，甚至爆發三百萬黑人拒絕工作，其他城市跟進，幾乎癱瘓經濟。

內憂外患，國內生產總值的增長率出現下降，一九八七年世界銀行發布的統計數據顯示，南非的經濟增長速度已經掉入世界最差國家之列；黑白之間的對立，更難吸引外資投入。最終政府不得不坦言：「我國急需獲得外國投資和全面恢復與世界其他地方的經濟關係。」

歷史一再告訴我們，當一個國家陷入困頓、混亂與不安時，正是革命火苗開始竄出熊燃之際。

莫那．魯道曾對族人說：「日本人比森林的樹葉還要茂密，比濁水溪的石頭還要多，可我反抗的決心比奇萊山還要堅定！」你不上電影院看電影，我也忘了問你，是否曾在有線頻道看過《賽德克．巴萊》這部片，但我希望心軟的你千萬別看。《賽德克．巴萊》分上、下集，自上集末段到下集，腥風血雨，我幾乎是以手半遮著臉勉強撐到電影結束。

霧社事件以血流成河的革命，失敗結尾，南非的黑人卻幸運多了。

國際箝制與國內動盪，逼得白人政府不得不親手瓦解一手築起、長達四十六年的種族隔離制度，一九九四年四月二十七日舉行第一次民主大選，沒有革命、沒有內戰，黑人以不沾血的方式，在自己的土地上當家作主。

當選的黑人總統曼德拉在就職典禮上說：「我們達成協定，將建成這樣的一個社會——所有南非人包括黑人和白人都能夠挺起胸膛行走，內心不再有任何恐懼，擁有不可剝奪的人類尊嚴。」

我曾念童話故事給朋友的孩子聽，白雪公主、灰姑娘、拇指公主……念到末句「從此之後，他們就過著幸福快樂的日子」，書還沒來得及闔上，孩子抬起清澈的雙眼問：「然後呢？」我張口結舌，連句話都說不出來，望著孩子的眼裏逐漸被急切給堆滿。

人們太常以幸福快樂的日子總結，但生活怎麼可能一帆風順。黑人當家執政後，從此就過著幸福快樂的日子了嗎？我們生活在現實裏，答案是不可能。長期的種族歧視爲南非社會帶來極大的破壞，新政府在重建國家方面，面臨嚴峻的挑戰，首當其衝的，就是貧富不均的問題。

之前我曾告訴你，我在南非看見了歐洲，但才第二天，我就來到眞正的非洲。

「今天我要帶你們到鐵皮屋去。」跟著父母一起移民到南非的黃騰緯，載我們前往採訪的第一站。

鐵皮屋，臺灣也有，我們家附近的檳榔攤就是一個鐵皮屋。水電工舅舅放材料零件的倉庫，也是一個鐵皮屋。還有我之前在臺北住的社區對面的透天厝，頂樓的佛堂也是用鐵皮搭建而成的。對臺灣人來說，鐵皮屋代表一個便捷又省錢的空間，少含有負面的意義，比如貧窮。但是隨著騰緯進入南非的鐵皮屋區後，鐵皮屋區這個詞在我心中，成了貧窮黑人居住區的統稱。

我們在白人住宅區上了騰緯的車，隨著車子啓動與運轉，以及有一句沒一句的對談，窗外的景色很快就跳脫城市的風味，回歸樸實。「我們現在在有磚的建築物附近。」騰緯方向盤一轉，車子遠離鬧區，離開眾多趕著上班的車龍，「接著，我們要慢慢走往沒有紅磚的地方，從雜磚、水泥磚，最後看到的就是鐵皮屋。」

結果，我看到的是怎樣的鐵皮屋呢？那是連成一列列、一排排，緊密又錯亂的屋子，用的並非是一體成型的鐵皮，而是由裁片廢料拼拼湊湊成的。從斑斑的鏽跡、不成套的顏色中走出來的，都是黑皮膚的人們。

「你以爲這樣就很慘嗎？」騰緯透過後視鏡瞄了我一眼，「不，這個還好，還有更慘的，鐵皮屋更小、環境更差。」

「怎麼可能？」我脫口而出，他則不語。其實也無須過多解釋，很快就有實景躍然眼前。

鐵皮與帆布，在臺灣是婚喪喜慶時，用來搭建宴客與弔唁的場所，在南非卻是窮人家的瓦與牆。

若先前看到的鐵皮屋有五、六坪大，後來入眼所及的，大約只有一、兩坪而已。一百六十公分高的我，只要雙臂一伸，無須踮腳就能碰到屋頂。在我細目觀察時，騰緯在一旁提醒著：「這裏普遍是八口一家。」請你想像我們全家和舅舅一家一起窩在浴室的景象，就能明白我的心情了。

幾天之後，我們來到約堡另一個鐵皮屋區——普利摩斯，這裏曾是輝煌一時的礦區，當金礦掘盡後，就成爲南非各地前來約堡討生活的人們安身地。這一區距離市中心並不遠，工業區更是近在咫尺，約堡不僅是外商的黃金之城，亦是窮人脫貧致富的夢想都市。

負責管理當地治安的警察馬歐密（Maome）說：「二〇〇六年我被派來這區時，有九十九萬人口，爲了消化過多人口，有移出一些，現在人數控制在九十五萬上下。」

頂著烈日，馬歐密配著警棍穿梭在鐵皮屋區，他踩過一個空罐，並將它踢往旁邊，好讓我們便於行走，一邊說：「鐵皮屋其實是非法侵占。約堡發達之後，不僅南非各地，連鄰近國家的人都來朝聖，看看能不能像那些白人一樣，發達致富。」

雖是非法侵占，政府仍好心地配置幾支水龍頭，供居民免費使用，「整個約堡像這樣的人，幾千幾百萬都有，政府的想法是，既然趕不走，不如讓他們聚在一起，比較好管理。」

馬歐密介紹我們認識蒙德．紐金卡納（Monde Njingana），他住在這裏已有十年，同時也是鐵皮屋區青年自治會的成員。高大精瘦的他，有著靦腆的笑容，對我們的詢問，總是很大方地給予解答。我們年紀差不多，很快就聊了起來。

三十幾歲的他，原住在東開普省伊麗莎白港，帶著懂得音樂又曾當過DJ的自信，來到約堡，夢想出頭天，沒想到工作沒多久就被解職。當從家鄉帶來的混音器壞掉，且無能力修理時，音樂夢宣告破碎。

「我不想再回去，這是面子問題。」蒙德神情嚴肅地說：「當你來到大城市想闖出一片天，所有的人都對你抱著期望時，怎能落魄地再回去呢？」我重重地點點頭。離開鄉下來到臺北的頭幾年，有一次工作遇到挫折，難過地流下眼淚時，你正好打電話過來，「怎麼聲音怪怪的？是感冒了嗎？」你問，我很快就說是。聊了幾句，你又問：「工作還好嗎？」我握緊拳頭把哽

為了安全起見，約堡志工只要進入鐵皮屋區發放，都有警察陪同。

咽吞入喉嚨，說：「很好啊！這是全世界最輕鬆的工作，只要在冷氣房裏敲打鍵盤就好了。」

蒙德痛苦的語氣把我從過往拉回當下，「鐵皮屋裏的人，很多都跟我一樣懷抱著淘金夢而來，但大部分都夢碎了。」停留約堡的人愈來愈多，卻只能在貧困間擺盪。

記得我高中時的一個同班同學，他上課愛打混愛睡覺，平常成績幾乎墊底，但在三年級開始進行模擬聯考測驗時，他卻成爲前十名的固定班底，我曾問他：「你轉性啦？開始用功念書？」他聳聳肩，說出的話令人氣結，「沒，我只是有考試的好運氣。」

在鐵皮屋區能成功的人，也是運氣好的人。

蒙德曾有個生活在同一塊鐵皮屋下的室友，窮到連他都要掏腰包援救。後來，這個人找到一份在白人家做園丁的工作，老闆發現他略懂電理，於是好心送他去上學，「現在他是個水電工，有一技之長，賺的錢自然就多，自此脫離鐵皮屋區。」

失敗的陰霾、美夢的幻滅，失去希望的人們爲鐵皮屋區帶來更多的問題，暴力、掠奪事件層出不窮，然而入住鐵皮屋區的人卻愈來愈多。

「在這裏沒有生活品質，房子蓋得密，三天兩頭就發生火災。」他讓我們進入一間鐵皮屋，即使大白天，室內仍相當黑暗，小小的空間一眼即能望穿，幾個櫃子、幾床棉被，沒有再多的家當，卻也讓人無以旋身。

「居住品質很差，對吧？」我們走出鐵皮屋，空氣中傳來遍地垃圾的惡臭，還有蒙德平靜的聲音，「但是住在這裏不用錢，距離工作地方又近，是我們窮人的天堂。」

回程途中，我問馬歐密，「在約堡，像這樣的鐵皮屋區有多少？」拿起警棍輕敲著緊縮的肩頭，他反問我：「小姐，你覺得住在鐵皮屋區的人可憐嗎？」我肯定地點頭。

「那你就不會想從我這裏知道問題的答案。」

並非所有黑人都是住在鐵皮屋區，大部分的黑人也住磚房，甚至在亮面

地板的購物商圈裏，也能見到他們黝黑的身影，但這卻是少數中的少數。約堡只是一個縮影，貧富差距是南非最大的問題。

與前駐南非約堡辦事處處長陳永綽訪談時，他告訴我：「種族隔離制度瓦解後，黑人中產階級興起，但只有四百萬名黑人比較有錢，有購買力。」四百萬人聽起來很多，卻與近六成約三千萬處於貧窮線下的人口，形成強烈對比。高達百分之四十失業率的南非，有工作的黑人中，只有百分之三十八是正職，且政府部門的雇員占很大一部分，其餘則從事短期工作或打零工。

南非國土面積占非洲的百分之四，人口僅占百分之五，國內生產毛額卻是全非洲的百分之二十六，對外貿易額更占百分之二十三點三，領居龍頭的經濟優勢，但靠近它並細細觀察，這裏卻是世界上最貧富不均的國家之一。

走出鐵皮屋區已是太陽低垂，騰緯帶我們站上約堡的制高點，夕陽落下的那一邊，金箔般的陽光妝點著一幢幢美麗洋房，庭院裏樹枝修剪整齊，幾戶人家的庭院中還有泳池與網球場，但是已經進入黑暗的另一邊，卻是雜亂擁擠的鐵皮屋區、小如豆腐的簡易磚房。

天堂與地獄竟是如此的近。

初到臺北時，有次我跟朋友說，我來自一個很偏僻的鄉下，他問有多偏僻，我想了想說：「是一個連便利商店都沒有的地方。」

你如果可以看見他當時的表情，大概會以爲是他看見鄧麗君朝他迎面而來。

第一次等捷運，我問身旁的臺北朋友，「捷運幾點幾分會來？」他翻了個白眼，說：「你以爲是火車嗎？平均三、四分就有一班，間距更短的是兩分，最長是七分。」當下決定，再也不要在臺北顯示我鄉巴佬的本色。

沒想到才隔幾天在等公車時，我又問了一次，「這班車幾點幾分會到？」這總沒錯了吧，我們鄉下都是看時間等公車的。結果這更強化鄉巴佬逛大街的風情，原來這裏的公車三、五分鐘就會來，最久也不會讓你等超過十五分，甚至每一站的間距走十分鐘的路就會到！

我在電話中跟你抱怨：「我們鄉下一個小時才一班車。還記得小學時我從上一站要走到我們家這一站，足足走了一個半小時還沒到耶！還有便利商店，我們這裏連一間都沒有，臺北走幾步路就有一間。」你笑了，只說：「臺北就是這樣，什麼都發達。」我無法釋懷，氣得說：「怎麼那麼不公

無論大人或小孩，都知道可從垃圾堆撿拾可回收資源再分類，換取微薄收入。

平，一樣都是臺灣！」

來到南非，我笑自己如此小孩子氣。站在約堡金融區，你想像不到鐵皮屋區腐敗的絕望，就猶如登上中國上海的東方明珠塔，卻怎麼也望不到甘肅的貧瘠。

親愛的，身處臺灣，即使身為窮鄉僻壤的鄉下人，我們也好幸福、好富有，對不對？

第三封信
愛不設防

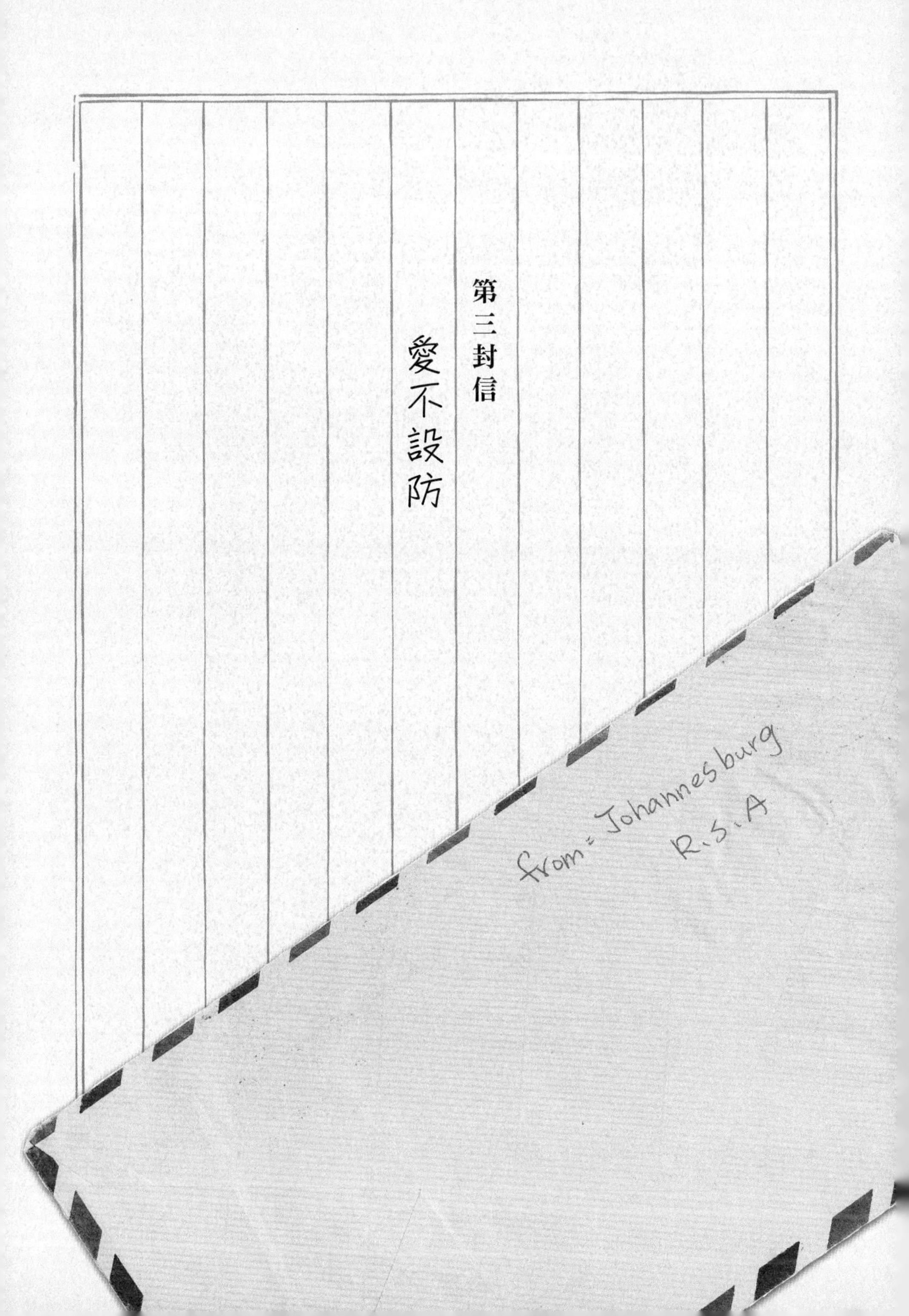

親愛的：

我在這裏採訪期間，寄居在Gino家，有段時間甚至和他十六歲的女兒分享房間與心事。在南非成長的孩子很單純，不像臺灣交通便捷、人們群聚而居，這兒土地大，又有安全疑慮，孩子們在取得汽車駕照前，出入都得由父母接送，因此多數孩子的生活簡單得不可思議，學校、運動、與父母出遊幾乎就疊滿他們整個世界。

我都喚她貞貞。貞貞一回家書包還沒卸下，就開始講述在學校發生的事情，大大小小無一遺漏，有些事情還能重複講上兩次，或是牽連到類似事件，一直到就寢前都還說不完。我看著她，想起我過往許久的青春，小鄉下讓我的年少生活極爲單純，親愛的，我當時不是也常纏著你說起學校裏的大、小事？

是否還記得國中時，曾告訴你的眾多事情中那兩件，都是有關校園霸凌。一個是隔壁班學生的逞兇鬥狠，最後受害的是那名正值發育期、體型修長的男學生，他被強押在自家的鐵捲門下，霸凌他的孩子按下鐵捲門開關，釀成他被活活給壓死的悲劇。這一個事件直至今日仍在我心中布下陰霾，每晚看你按下鐵捲門準備結束營業時，我都得再三確認，你離那扇機器門的距離是否夠遠。

另一個學生的狀況相對而言比較幸運，是我們班的小涵，功課好又善良，我們一度是上課傳紙條、下課一起到合作社的好朋友。也忘記她爲什麼惹到班上的大姊頭，從此不得安寧。課桌椅被翻倒、書包內的書本與文具盡數被丟下窗臺，桌上常不時以粉筆留下惡毒字眼……那時候我們都很怯懦，連幫小涵撿拾都不敢，只怕被視爲同黨，連帶受懲。

那是一個民風純樸的年代與地區，學生在同儕間受挫不敢告訴師長，說了也只會讓事態變得更難以收拾，小涵家裏沒有強力靠山，撐不到兩週，就轉學了。轉學那天，她在大家上課之前來到教室，在我的桌上留下一張紙條，寫著：「謝謝你陪我的這段時間，我會透過思念，適應新學校的一切。」這張字條還留在我的書桌抽屜裏，因爲怯懦而留在心裏的那分虧欠也還在。

霸凌對我們那種樸實的小鄉鎮來說像是在演電影，直至今日，我也只遇過這兩件；但是在南非，霸凌不僅是身邊的偶發事件，也不只是電視上才能

看到的訊息，而是生活的常態，這仍是緣起於種族隔離制度的後遺症——貧富差距。

之前告訴你有關蒙德在鐵皮屋的故事與生活，那顯現目前南非黑白之間的懸殊現實。有一句話這麼說：「在南非，富有的人可以上天，窮的人連呼吸都有困難。」當人們窮到看不見希望的時候，有人選擇放棄人格，冷漠自己的心以求溫飽，而他們的行搶對象，就是當初讓他們淪落至此、即使失去政權但仍坐擁優渥生活的白人。

記得第一次進鐵皮屋區，騰緯先是開著他的銀色賓士來接我們。才一上車，他就語帶抱歉地說：「不好意思，先回我家換輛車，坐那輛車可能會不太舒服，但是比較安全。」

來到他家，一進入車庫，就看見那輛他口中坐起來會不太舒服的車。烤漆黑暗沒有光澤，車身都是斑斑泥土痕，不若銀色賓士的流線造型，這輛車四四方方地訴說著年代，騰緯說：「這是我剛學會開車時買的，本來要淘汰，現在正巧派上用場！開這輛破車進黑人村，才不會被搶。」

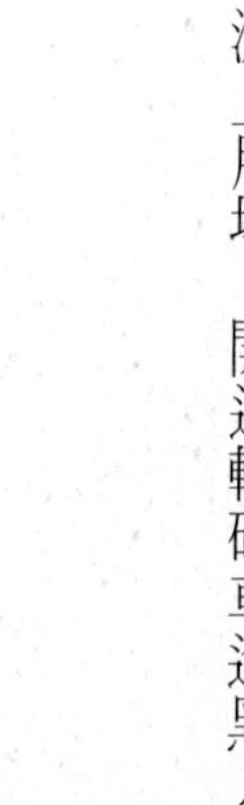

高牆、電網緊緊包圍著約堡白人住宅區，一開始我還以為是來到什麼達官顯要的住處呢。（上頁圖）

我在當地認識一位黑人女士，瑪麗・勒瓦特（Mary Lwate），七十四歲的她經歷過種族隔離制度顛峰時期。

瑪麗經營一家孤兒院，經費大多是白人提供，因此對於過往白人的作爲，她不願多談，只略略地說：「那個年代，面對白人的優越強勢，以及種種貶低黑人的社會行徑，長輩總會告誡小孩：『不要跟白人互動，他們會對你不好。』」

親愛的，我們所定義的白人，是美國、英國或是外婆祖先的那些「阿豆仔」，對南非黑人來說，我們這群黃皮膚的亞洲人也算是白人，誰叫當年，這群黃皮膚的亞洲人是跟那群白人一起住在漂亮洋房裏，也沒有感受過必須拿著賤民身分證才能上街的苦楚。

已經退休的臺灣外交官陳永綽，曾於一九九八年派駐約堡三年，他告訴我，外交部將世界各國分A、B、C、D與E五個等級，A是最發達的，E有二個國家，賴比瑞亞、查德和海地。

南非在一九九七年與臺灣斷交之前，被列爲A等級，「那時候治安很好，環境漂亮，物價也很便宜。」陳永綽滿臉懷念之情，「還在種族隔離的時候，下了班就去約堡window shopping一下，白人開的店純粹是英國式的，餐廳、咖啡廳或是麵包店都裝潢得很美，但是一九九四年以後就漸漸不一樣。」斷交後被降至B級，如今又被調降爲C級，「就是治安太差。」他語氣中只有嘆息。

陳永綽舉了一個簡短卻又震撼的例子，讓我在炎熱的八月天不寒而慄；「治安壞到什麼程度，壞到我有一度平均一個月到一個半月得去參加一次華人的葬禮。」

以我們暫住的Gino家的社區來說好了，家家戶戶外頭的圍牆高到難以攀手，上頭還加裝八根電網，電網進來還有紅外線、熱感應照明燈、監視器，接著就是鐵窗與保全。

有一天早上，Gino拉開客廳的大片落地窗簾，幽幽地說了一句：「你看外面的庭院多漂亮，但全被鐵窗破壞美感。」

這些措施是白人住宅區每戶人家最基本的配備。

住家也曾被入侵的Gino無奈地說：「大不了再養一條凶猛的惡犬，但這也不過是延緩時間，好讓你快速察覺、趕緊尋求支援。」

Gino家的主臥房裏有一個監視器的螢幕，他每天晚上起來上廁所時，習慣看一眼螢幕以確保安全。

我喜歡這個南非的臨時住所，殊不知在漂亮又溫馨的糖衣底下，竟包藏著危機。想起前幾天，臺商朋友帶我們去見識一座新建成的大型賭場。

我想像中的賭城，有轉輪盤、一整排吃角子老虎，還有各色籌碼與撲克牌在桌上交錯著。南非的賭場可不只有這一些，它像是一個大型的百貨中心，有各國料理餐廳、各式精品百貨，以及專門提供給小孩的遊樂場，夜裏還有大型水舞秀；我甚至在一處廣場上，看見大型投影螢幕，正播著足球賽事，路邊還有街頭藝人表演傀儡舞或即興歌唱。

賭場的室內設計很特別，一棟接一棟的房子，挑高的天花板上嵌著永遠明亮的藍天白雲，地上有地下水道的蓋子……我好像來到《楚門的世界》這部電影裏頭，進入一個和外頭無異的眞世界。

但是這個世界比起外頭卻相對的安全，進入前得先繳出身上的槍枝、察看包包有無危險物品，裏頭有著爲數衆多的保全以及監視錄影器，種種安全措施讓家長們放心地讓小孩獨自在裏頭遊玩。

蒙蒂賭場裏，有房子、路燈、街道……人造天空則形成一張保護網，讓此地成為紛亂中最安全的地方。

難道就是因爲外面的世界太危險了，所以才要以人工的方式，建造出像賭場這樣的安全世界嗎？

你也知道，後來隔壁班犯下謀害殺人的學生，因爲尚未成年，從輕處置；小涵的走，也沒讓校方制止大姊頭日後的惡行。而南非由於黑白衝突對立不斷，自一九九四年黑人執政後，犯罪率直線上升，暴力死亡率更高出世界平均值六倍，約堡更被評爲世界上最危險的城市，每年被槍殺的人數是紐約的七倍。

校規和律法一樣，是學生與人民的保護網，卻無法保證能讓你毫髮無傷。霸凌的結果，非死即傷，倘若想保全其身，就要和小涵一樣選擇永遠離開。

根據官方統計，目前在南非的臺商大約五千人左右，是全盛時期的十分之一不到。一九九四年至一九九六年是黑人執政後最紛亂的幾個年頭，也是臺商外流最嚴重的幾年，他們紛紛出走至中國大陸、東南亞等勞工低廉地區，另謀事業第二春。

明哲保身的道理人人懂，但留下來的五千多位臺商中，林淑惠與簡菘伯的感受與看法另有不同。

認識到南非經商二十八年的簡菘伯時，我劈頭就問：「你有被搶過嗎？」他開朗笑著糾正我：「在南非，不是問：『你被搶過嗎？』要問：『你被搶過幾次？』」

之後幾天，只要碰到商人或是白人，我就拿這句話來問，每一個人聽了無不深表贊同，並說：「南非沒有地震、颱風、火山爆發等天災，唯有的就是人禍！」

要簡菘伯細數自己被搶的次數，他分秒不思，直說：「很難數得清了。」但另一方面，他也告慰著：「我很幸運，不過都是錢財損失罷了，沒被打成重傷或是賠上一條命。」

另一位臺商林淑惠就沒有他的幸運，雖爲女流之輩，好幾次都被打得鼻青臉腫。

「十二年前，我們第一次被搶是在家裏。」林淑惠說，那是治安開始惡化初期，「一個週末，大人、小孩共二十幾個人在我家，突然一群黑人從窗戶跳進來，把我們全綁起來，從保險箱中拿走兩百萬斐鍰；第二次保險箱裏的錢不多，就把我打得鼻青又臉腫，折磨好幾個鐘頭才甘心。」

二〇〇八年底連續三個月，她與先生在路上被搶六次，「被打又被開槍，很多商人都是這樣死的，我們能活下來，眞的很幸運。」林淑惠是個生意人，被搶的隔天還是帶著紅腫青紫的大、小傷痕到公司監工；被搶怕了，唯一只想到要去買一輛防彈車保護自己。

「怎麼不走呢？」我問她。

「大家說我們在這裏會被搶匪打死，我現在不還好好的？」商場打滾多年，無論是講話、動作都帶著濃濃的女強人姿態，林淑惠豪氣、一臉無須多談的表情，說：「在劫不在地。」

她舉一個眞實案例。有位朋友在南非賺進大筆資產，後來因爲治安問題決定移民澳洲，卻在抵達當地不久出車禍腦死，而他的太太返回臺灣才下飛機，心臟病突發就往生了。

林淑惠至今已經不去想太多，腦中只想著在此得到的點點滴滴——飽足的生活、溫暖的陽光。經歷無數次暴力下的生死交關，她心中懷有的並非畏懼，而是感恩。

「我認爲既取之當地，就要付出給當地。」林淑惠拿出一疊厚厚的收據存根，那是每個星期麵包廠給的收據，她與丈夫固定每週三買麵包分送給路邊遊民已有多年。

好幾年前的一天晚上，她難得輕鬆能上街走走，赫然看見公司附近排著一條長長人龍，粗估約有一百多位遊民，正排隊等待領取熱湯與麵包。她好奇靠過去一問，才知道附近教會每週都會向賣場募集物資，分送給街頭遊民。就這麼一個因緣，林淑惠也加入餵養遊民的服務行列。

望著那一疊厚厚的收據，林淑惠說也忘記已經有多少年了，「我只記得麵包的價錢，從當初的四百塊漲到現在的一千塊。」

剛開始訂一百條，後來又追加至一百五十條，她又想：「照顧遊民卻不照顧自己的員工，對嗎？」

相對於商人總是想縮減員工福利以及勞工支出，林淑惠一反常態，每年都在加成福利。「員工因愛滋病往生，我給奠儀一萬塊，盡責一點的就給兩

和體格強健的黑人部屬站在一起，仍難掩林淑惠所散發的女強人氣勢。

萬，棺材費用也由公司負擔。喪禮當天，公司全體休假，請巴士載大家去參加喪禮。」

「飢寒起盜心，如果我能幫助他們得到好一點的生活，或許情勢就不會像現在這麼可怕。」篤信佛教的林淑惠始終相信，人性本善，南非治安敗壞起因，就是因為貧富差距太大。

有別於林淑惠外顯的女強人姿態，簡菘伯反而像一位慈祥的父親，鮮少將商人本色向外顯露，但對於黑白對立，想法和林淑惠並無二致。

簡菘伯加入臺灣慈濟基金會很久了，有時會隨著團隊一同到貧困地區進行發放，有時單槍匹馬帶著員工到鄰近地區進行貧戶探訪，然而現實畢竟不是童話故事，總能圓滿所想，簡菘伯第一次被搶，竟然是在他要送物資進入黑人區的前一天。

那天為了將大量物資堆上卡車，他忙到很晚，當拉下鐵門準備離開，才發現有所遺漏，於是折返，鐵門拉開才一走進去，馬上感受到腰間被冰涼的槍枝抵著。

歹徒將他壓制在地，用痲繩綑綁雙手，他第一個反應就是告訴歹徒：「我一直在幫助黑人，你看那輛卡車上面滿滿的玉米粉和物資，都是要載去發放的……你怎麼可以這樣對我？」

那名黑人聽他這麼說，繩子愈綁愈鬆，也沒傷害他，匆匆拿走保險櫃裏的兩、三千元就走了。

雖然對窮困的黑人族群滿懷同情與愛心，但是幾次生命財產面臨威脅，簡菘伯也會感到疑惑，「爲什麼我這樣幫助黑人，他們還這樣對我？」但他自我轉念，「或許是做得還不夠，這是一個國家的大環境問題，我要把握機會去付出，或許能感動一些人、改變一些人。能改變一個算一個。」不因爲被搶而停止善行，反而更積極地行善。很多朋友笑他傻，但他認爲付出未必換來的都是反咬一口。

後來的一次事件讓他感觸最深，覺得沒有白費工。

那是個星期六的下午，兩部卡車準備駛入工廠，車內的黑人歹徒拿出兩萬塊現鈔，打算籠絡守廠房的黑人警衛：「你不要出聲，我們要進去給這位華人『搬家』。」警衛回覆：「現在才兩點，裏頭人還很多，你們四點再來。」四點折返時，已經有一群警察等著逮捕他們。

「很多老闆被搶，或著家裏被侵入，大多是裏應外合。」簡菘伯稱自己幸運有個好員工。坐在他身旁、一直靜默無語的添姆巴．漢布魯（Themba Hkambule）這時有了反應，他露出潔白的牙齒，笑著直搖頭說：「不，是因爲老闆一直在幫助黑人，我們感謝他。」

添姆巴一直以來都是擔任簡菘伯的司機，也是最常待在他身邊的員工。對於這位華人老闆在種族如此分歧的南非，竟然願意走入黑人區，他感到驚奇、感動，但最讓他窩心的，還有其他，「他把我們當成家人。」在南非有個風俗，對無血緣關係的人稱父親或母親，代表非常敬重這個人。添姆巴就常暱稱簡菘伯爲父親。

說起簡菘伯，添姆巴的話愈說愈多，聲音也愈來愈有中氣，「我三十四歲就買下屬於自己的房子。」高大但精瘦的添姆巴，口氣中帶著滿足的驕傲，「在這裏，少有人有儲蓄觀念，很多人終老還買不起一間磚房。」

添姆巴喚簡菘伯為父親，對他又敬又愛；個頭高壯的他，面對簡菘伯時，卻像個害羞小男生。

簡崧伯每個月幫員工儲蓄部分薪資，他告訴員工：「乘現在年輕、有氣力就要開始存錢，別到了五十幾歲退休才發現自己一無所有。」當添姆巴存到一定的積蓄，這位「父親」就要他出去找房子，還要他列出一份企畫案，「清楚表明賺多少錢、開銷多少，每個月可以負擔的分期付款又是多少？」

最讓添姆巴感激的，是簡崧伯不但替他們儲蓄頭期款，當款項交到他們手中時，那疊錢的重量肯定比存進去的還要有分量。簡崧伯提高他們的存款利息，甚至向銀行擔保這名員工有能力支付貸款。

「我不是唯一受到眷顧的幸運人。」添姆巴說這話的笑容，你很難不被他感染喜悅，跟著他一起揚起燦爛的嘴角。

在南非二十八年，僅遭零星幾次劫難，損失少、並能全身而退，工廠也沒被「搬家」過，好多外商都想問簡崧伯：「在南非經商成功的祕訣？」

「大家來這裏經商，錢賺得愈開心就愈擔心被搶，何必呢？」人們常說，以往南非最大的問題是種族隔離，而今影響南非聲譽的治安問題，則因經濟隔離而起，簡崧伯常這樣告訴他的商人朋友，「賺的錢拿去做救濟，對員工不僅尊重還要有愛，簡略來說就是兩個字──付出。」

第四封信

擁抱荊棘

from: Johannesburg
R.S.A

親愛的：

你討厭我一個壞習慣，就是不時地跑去打開冰箱門，「不要一直開，很浪費電！」你總是這麼念著。沒有辦法，你喜歡冰箱裏面放進很多食物，使得我三心二意不知道該挑哪一樣出來當點心？

這幾年因爲工作的關係，到過不少國家，有一次回臺南，舅舅問我：「去過那麼多國家，你比較喜歡哪裏？」這個問題時常有人問我，我的回答不曾像打開冰箱時那樣三心二意，「臺灣。」永遠都是這麼專一的答案。

沒錯，日本是一個很發達的國家，人們溫和有禮；泰國食物美味，傳統迷人；中國地廣物豐，以數大便是美贏得讚譽；非洲南部原野遼闊，天空湛藍，連只會拿傻瓜相機拍照的我，都能拍出好風景……可是，最迷人的還是臺灣。

臺灣迷人並非是我自賣自誇——一五四四年，葡萄牙船隻在經過臺灣海域時，水手從海上遠望臺灣，高呼「Ilha Formosa !」Ilha在葡萄牙語中指的是島嶼，而Formosa則是美麗，因此在一九五〇年代以前，歐洲都稱臺灣是福爾摩沙，稱臺灣海峽爲福爾摩沙海峽。

你知道嗎？其實福爾摩沙不只指臺灣而已。自十五世紀大航海時代開始，葡萄牙人在全球開闢新航線後，世界上許多地方皆以福爾摩沙命名，歐洲、非洲、北美、南美或是大洋洲與亞洲，各處都有以福爾摩沙命名的地方，但一直到後來，國際上若是稱呼福爾摩沙，通常都是指臺灣。

日本人也愛臺灣，源於物產豐饒，所以臺灣又被稱做寶島，或以《山海經》中的海上神山仙島蓬萊、瀛洲作爲雅稱。

我的泰國與印尼朋友也愛臺灣，原因不外乎都是——「食物好好吃！」臺灣的好風情以及美味的食物，都是我生活中的一部分，但它深深吸引我的，是人，尤其是我們那個小鄉下的鄉親，還有你。

確切的年分記不得了，大概是國小的時候，當時我還不認識鄉下的「阿公」、「阿嬤」，他們只是一對每天清晨在我們家旁邊挖牡蠣的老夫婦。你

每天清晨五點多拉開鐵門，向他們打招呼，然後開始一天的生意。

一天清晨六點，你的鐵門沒拉開，老夫婦對話著：「這個女人怎麼今天那麼晚沒開門？是不是出什麼事了？」

有時候，人的悲觀竟可以救人一命。他們馬上拉開鐵門，上樓來到臥室，發現你表情扭曲，痛苦地在床上打滾，而我卻還在你旁邊渾然不知地呼呼大睡。

送醫，馬上進手術房，那一年你才幾歲？卻因爲子宮肌瘤大到脹破而拿掉子宮。醫師說，再晚一點，我就要失去你了。

爲了報答兩老，你認他們爲爸、媽，決定一生照護。他們變成我的阿公與阿嬤，三個兒子我全要半路叫舅舅。

雖是乾女兒，阿公往生的時候，你沒少做女兒的一拜一叩，也沒少一分鐘跟著道士誦念經文。阿嬤喪夫的沈痛，是你每天晚上伴著她睡，安撫她的心情。

三舅常跟兩個兒子說：「你們長大之後，別忘了第一個要孝順的人就是你姑姑！」

為了讓三舅與舅媽全心衝刺事業，你一手帶大表弟二人。小學階段一字一句教他們念書，押著他們背九九乘法；孩子在學校出事了，你去向老師鞠躬道歉；趕不上校車，就載他們去學校。從小學到高中，級任老師手邊留的家長電話，永遠是你這個姑姑的手機號碼；他們吃膩學校便當，你天天幫他們帶便當；就連要追女朋友，也是你花好幾個小時織了條圍巾，讓他們拿去送女孩。

前兩年的媽祖誕辰，你在廚房忙著煮出一桌好菜，外頭客人一叫，就這樣急匆匆地出去做生意，等到再回廚房，瓦斯爐上的油鍋已經燒乾並竄出火苗，濃煙將天花板都燻黑了，情急之下，你只想到要馬上把燒壞的鍋子移開，雙手一提鍋把，結果左手二度灼傷，醫師說右手大概還好。

「那天拜拜的東西全部倒掉了。」三舅笑說，媽祖真沒口福，今年的誕辰一定吃得很不痛快。

你們都不讓我回家，要我把臺北的工作做好。阿嬤、二舅媽和三舅媽輪三班到醫院照顧你，尤其是阿嬤，一天輪兩次；大舅還有大舅媽則是幫家裏的廚房，刷洗得亮晶晶。

隔壁那個雙眼白霧幾乎看不見的歐巴桑，特地煮魚湯，跨上摩托車，慢慢地騎了近一個小時的車程到醫院探望你。爲什麼歐巴桑對你那麼好？因爲你平時也待她好。

她年紀老邁，雙眼幾乎看不清，又不識字，獨自帶著一個孫子阿偉過活，阿偉小時候被判定有過動傾向，功課常常遲交，是學校的頭痛人物，你不僅把他接來教功課，常常也見歐巴桑拿著學校的通知單來，讓你念給她聽、幫她處理。

嫁入夫家後，你接手公公的中藥房生意。我們那個小鄉下早年以捕魚、曬鹽維生，大家生活都不好過，見來買藥的人比較貧困，你就隨意開個價，意思意思拿點錢。

好多好多的溫馨故事發生在我們鄉下，發生在你身上，而我相信臺灣這塊土地上，一定還有著更多這樣的地方，每天都在發生著暖人心脾的故事。

長期旅居大陸、北美的臺灣知名女作家陳若曦，一直到一九九五年再次回到臺灣定居，體會到尋尋覓覓五十年，其實她一直追尋的桃花源就在腳下，根本不必外求。

佛教慈濟慈善事業基金會創辦人證嚴法師也曾這麼形容臺灣，他說：「臺灣無以為寶，以善、以愛為寶。」這句話我自很小的時候，從你與鄉親的身上，就有著深厚的體會。

如果告訴你，有一個國家，正需要這分我們認為稀鬆平常的愛與關懷，甚至還能因此動搖她今日的社會狀態，相信嗎？

或許你知道我在講哪個國家，因為從簡菘伯與林淑惠的故事，就能瞧見端倪。

今天Gino帶我們到位於約堡桑頓的曼德拉廣場。被世界知名品牌的酒店與餐廳包圍的廣場正中央，一尊六公尺高的銅像，咧嘴大笑著俯視這一切，這是南非為慶祝民主獨立十周年所設置，雕像主角是前總統曼德拉。

好似我們從小就要認識的國父孫中山，曼德拉是南非的傳奇。年輕時的曼德拉，統領黑人部族反抗白人政府，他曾說：「正是因為南非的土地已經灑滿無辜非洲人的鮮血，我們才認爲做好長期準備，用暴力反對暴力捍衛我們自己，是我們的責任。」還說：「雖然我不準備把白人趕入大海，但是如果他們的輪船自願離開這個大陸，我將十分高興。」

多數人認爲曼德拉之所以了不起，是他因反抗而被囚長達二十七年，出獄後成爲南非第一位民選黑人總統，當選的那一天，許多白人搖頭興嘆，認爲趕盡殺絕的戲碼將降臨他們的人生，曼德拉卻選擇動之以情。

他說：「每個人的內心深處都存在著仁慈與慷慨，沒有一個人會由於他們的膚色、背景或宗教，而天生仇恨另一個人。人們一定是通過學習才會有恨，如果他們能夠學會恨，那麼他們也一定能學會愛，因爲愛在人的心靈中比恨來得更自然。」

曼德拉以身作則，沿用舊政府官員與保鏢，不顧家人與黨內的反對，出面保全以白人爲主的橄欖球隊跳羚隊——種族隔離時期，橄欖球是白人專有的運動，象徵高尚不可侵犯的地位，因此也被黑人視爲屈辱而痛恨著。

黑人掌權後打算廢除跳羚隊，曼德拉說服大家：「如果上臺就把別人珍視的傳統剝奪掉，只會使白人更恐懼不安。南非白人已不再是我們的敵人，

位於約堡桑頓城中心區域的六米高銅像，完整呈現曼德拉親切的一面，怪不得很多在南非的臺灣人都以閩南語暱稱他為「曼叔」。

他們是我們的同胞，我們的夥伴，這是民主的社會。」

曼德拉與跳羚隊的故事，於二〇一〇年一月被拍爲電影——《打不倒的勇者》，你眞應該去租來看看，或許也會跟我一樣愛上這位老人家。在這部電影裏，你可以看見種族隔離所造成的隔閡，以及曼德拉的偉大。

在南非，不分黑白種族，幾乎所有人都深愛著這位傳奇人物，但傳奇並不等同於神話，其影響力仍然有限。深受愛戴的曼德拉於二〇一三年十二月病逝，曼德拉廣場上的雕像是人們爲紀念他爲南非帶來自由與公平的新氣象，然而他苦口婆心所勸導的和平，卻仍因過往種族隔離制度的傷害，而難以消磨衆人心中的仇恨。

我想起那日走出種族隔離博物館，館外聳立的七根擎天支柱，分別寫著自由、尊重、責任、多樣、和解、平等、民主，心裏想著：「什麼時候才能見到這樣的南非呢？」

我與前大使陳永綽一起討論南非如今的種族隔閡問題，他先是跟我分享一個眞實案例。

那時他還在南非，黑人掌權已經三年，一次他邀請一群各大學的白人學者到家中餐敘，以自助餐的形式辦理，「我太太請家裏的傭人一起來吃，但是請他們取餐到旁邊吃，雖然是外燴，還是有些瑣事要做。」女傭當日還帶著自己的女兒，當她們走向餐桌時，一名學者見狀當場走人，「他告訴我，他不想跟黑人一起用餐。」

「如今種族隔離仍然存在。在哪裏？」陳永綽苦笑著說：「心裏。表面上大家都平等，你一票、我一票，坐飛機、坐船都可以一起坐，但是心理上的隔閡不容易打破。」

陳永綽說的並沒有錯，南非並非是特例，看看美國，從亞伯拉罕．林肯自一八六三年一月宣讀《解放奴隸宣言》至今，已經一百五十年過去，但根據美國路透以及易普索的最新民調顯示，美國的種族界線仍然分明。

約有百分之四十的白人只與白人交朋友，百分之二十五的非白人也只有自己族裔的朋友。即使民調範圍擴大納入同事等對象，還是只有百分之三十

看著這樣一個用木條與破帆布組成的簡陋攤位，我心想：「不知道這個賣雞蛋的女孩，自己是否能吃到這些蛋？」

的美國人說他們不跟不同種族的人往來。

南非的情勢同樣嚴峻，「種族隔離的時候，黑人被趕到郊區，如今反過來，約堡市中心成了白人的淪陷區，白人去了一定被搶被打，現在白人住哪裏？住在郊區，做很高的圍牆，上面再加電網，出入要刷卡，外面還要請武裝警衛，很安全嗎？沒有。」陳永綽條理分明地說：「再加上做這種事情的都是黑人，如果你是白人，心裏對黑人的反感，怎麼改？」

以前是白人欺壓黑人，現今是黑人搶白人，隔閡愈來愈大。「再者居住環境不一樣，白人區整整齊齊，黑人住的小如豆腐屋就覺得已經很好，對他們來講難以融合的是現實。」陳永綽感嘆。

黑白之間當然也有做朋友的，但以大局面來看，不多而且也不容易。我問陳永綽：「以你來看，要用多久的時間來消弭隔閡呢？」

他表示：「以美國的例子來看，好幾世代都有可能。而依循的途徑，就只有愛。」

你心中有相當飽滿的愛，我們的鄰居、舅舅與阿嬤也是，但你知道嗎？有許多臺灣人把這些愛帶出去，並奉獻給和他們不同種族、膚色的人，我何其有幸，在南非遇見了他們，他們對外統稱是證嚴法師的弟子，慈濟基金會的志工。

慈濟在南非的聯絡處成立於一九九二年，駐點約堡，之後陸續在德本、雷地史密斯等八個地方成立聯絡點，各地的慈濟志工深入急需協助的角落，濟貧、助學，並關懷人人避之唯恐不及的愛滋病患，善的腳步未曾因爲任何阻礙而停歇。

你認識慈濟，是在我進入慈濟大學就讀時，後來我進入慈濟人文志業中心擔任記者，不時告訴你工作上的事，才逐漸了解這個團體。

你知道嗎？愈與這群志工深入交往，我愈發覺，證嚴法師不過是替他們開啓心靈的那道門，給他們一個方向，眞正推動他們前進的，依舊是心中那分愛。

正在轉型中的南非，黑人普遍貧窮，白人畏懼傷害，這群黃皮膚的志工，卻認爲自己或許就是那黑與白之間的最佳橋梁，即使必須冒著生命危險走進黑人區。

「以前我們去黑人部落發放物資時，隊伍前面有裝甲車、後面還有鎮暴車，身邊都是帶槍的警察、軍人隨侍保護。」慈濟志工張敏輝短短幾句話，道盡一切危險。

張敏輝接著說，「我們其實不怕，擔心的是爲了搶奪物資而造成的秩序混亂與暴動。」

記得第一次發放，已有斷炊之虞的社區居民，眼見一大卡車的食物與禦寒衣物，爭著向前搶奪，一雙雙手伸來都是渴望與害怕，渴望一解多日來的飢渴，害怕這雙手要是伸得不夠長，還要熬多久才能飽餐一頓？兩相加總造成的後果就是暴動。

有了這次經驗後，志工才請求警方與軍方支援，讓他們能夠在安然的秩序下，將物資一一親手發放給每戶人家。

「尤其是鐵皮屋區，以臺灣的標準，從第一戶走到最後一戶都是需要濟助的人。」另一位志工陳正茂長年穿梭在鐵皮屋區，不管經過多少時日，他心中對這裏的結論就像那層層疊疊的鐵皮，始終如一未曾變過，「在這裏，很多人都處於一種過了今天、沒有明天的感覺，沒有人知道希望在哪兒。」

約堡慈濟人曾數次在鐵皮屋區舉辦大型發放，「每次發放一千至一千兩百戶，受惠的人不超過一萬。」一個鐵皮屋區動輒數十萬人，全約堡甚至全南非又有幾千幾萬個鐵皮屋區？志工的付出顯然杯水車薪、微不足道，也難怪有人會氣餒說：「究竟我們能幫得了多少？」

然而他們從未放棄行善的腳步，只是調整方法。在資源有限的情況下，做立即與重點的救助工作，包含貧病交加、喪親及急難救助。譬如鐵皮屋區最嚴重的火災問題，由於土地珍貴，鐵皮屋密麻搭在一塊兒，常常一戶人家不小心翻倒煤油燈，幾十戶人家就跟著遭殃。

「前幾天就有一起，燒掉四十多戶，有一戶男主人燒得灰頭土臉，臉上還燙出水泡，他就蹲在灰燼中，無助得連醫院都不敢上。」沒有錢，連所有家當都失去了，志工趕緊帶來足夠維持十天的食物、保暖衣物和毛毯，還提供鐵皮、木材，協助他再次築巢。

「讓他不用煩惱吃穿問題，安心地把家重建起來，這很重要。」陳正茂認爲，一、兩天尚可仰賴鄰居接濟，但五、六天後或許就會出外行搶，「當飢寒交迫時，最快的方法就是搶。對他們來說，即使是一件十塊的衣服，若能搶得到，就不用花時間工作賺錢買。」

種族隔離政策廢止後，黑人可以走進商城、進入白人社區，當他們從貧困探入富庶之地，極端貧富差距帶來的，是掠奪、搶劫事件直線攀升。膚色淺的人、商人成爲萬箭之靶，慈濟志工當然也不例外。

張敏輝拉著我近看他的臉頰，那靠近太陽穴的地方有著老人家歷經歲月得來的皺紋，還有一道淺淺的疤痕。

「那是二〇〇〇年五月還是六月發生的事吧，我有些記不清日期了。」張敏輝說這段話時是正午，灌下一口冰涼的水很是暢快，但眞正讓他由心底發寒的，是他要繼續說的故事。

搶劫事件隨時隨地都在發生，鐵門與欄杆隔絕的已不只是膚色，還有恐懼和害怕。

那一天，他開著一輛新車去接孫子下課，從學校繞出來時，心想：「旁邊就是常去關懷的黑人區，順道繞過去看看他們吧。」那年元月發生一場火災，五十幾戶人家頓失所有，這些人家也就是張敏輝口中所說的他們。那幾個月，慈濟爲他們蓋好了一間間房，雖然簡單，卻足以迎接嚴冬。

受助居民看到張敏輝很是歡喜，紛紛圍上來問候。突然，一名年輕人大喊：「鑰匙給我！」人群抬眼望向聲音所在，站在張敏輝眼前的那個人，爲了看清楚而走到一旁，讓他身前毫無遮蔽，只剩瞠目結舌，因爲一名少年正舉著一把槍向他。

「這個年輕人我認識，相當和善，每次都會跟我微笑打招呼。」但是張敏輝很快就意識過來，「我那輛車實在太招搖，至少對他們來說。」一無所有中的貪念，何嘗不是最令人畏懼的？

張敏輝趕緊叫還在車上的媳婦與孫子下車，然後一邊彎下腰將鑰匙丟了出去，鑰匙落地的剎那，槍聲響起。幾乎是同時，張敏輝的孫子大叫：「阿公，你的臉頰流血了！」

事隔十一年，當年急診室醫師所說的那句話，他一字不漏地刻在腦海中，「如果再差一公分，就不用縫了。」

「早期在約堡，如果被搶中了槍，十個有九個重傷，一個再見。」張敏輝說。

我問他：「心寒嗎？灰心嗎？」

他沒正面回答，反而告訴我當時僑界對於這件事的反應，「有人告訴我，慈濟不要再進去黑人區救他們了，只是增添危險罷了。」

「你認爲呢？」我再問。

他再灌下一口冰水，說：「不，我覺得是我們做得不夠，還要努力。」

同樣的問題，我也曾問過陳正茂，即使已經這麼多年，走訪黑人區還是得仰賴警方保護，行善如此難行能行，難道都不害怕嗎？

「我們是慈濟人，這是我們的使命。」他如此回答。目前，志工們在普利摩斯鐵皮屋區設立兩個定點，烹煮熱食，更貼近他們，及時伸出援手。

白人避之唯恐不及，志工卻有如飛蛾撲火，「我們相信，只要做得更多，總有一天他們會改變的，知道即使不用搶，也會有人樂意地向他們伸出援手。」

年近八十歲的張敏輝仍不服老，時常走訪黑人區關懷。

你會不會認爲張敏輝和這群志工都瘋了呢？我甚至當著他們的面，說他們眞是不顧自身危險的瘋子！但另一方面，也打從心裏深深地敬佩著。正如陳永綽大使所說的，要消弭南非的黑白隔閡，除了時間之外，唯有的途徑就是以愛擁抱。

或許張開雙臂迎接的是荊棘，然而若是沒有人願意遍體鱗傷，傷害永遠都不會減少，不是嗎？

第五封信
沙灘上的海星

from: Johannesburg
R.S.A

親愛的：

這陣子我一直反覆地在思考著，愛的能量有多大？

還記得我為之瘋狂的那一套奇幻文學小說嗎？每回只要一出續集，就會無視明日還得早起上學，徹夜苦讀；怕你半夜起床看見我房裏的燈還亮著，十幾歲的我甚至還用毛巾塞住門下的縫隙，那不只是我瘋狂的青春，至今那套小說已經被我重複看過十幾遍了。

是的，就是英國作家J.K.羅琳所出版的《哈利波特》，講述的是青少年主角哈利波特對抗魔法界最強大的黑魔法師佛地魔的故事。哈利波特自一歲嬰兒時期開始，甚至在他十一歲至十七歲這七年中，每一年都以不同形式擊敗這名讓成年巫師為之恐懼的黑魔王，哈利波特的魔法並不強，但他怎麼能一次又一次贏過黑魔王呢？就是因為愛。

母親離世前留給他的愛，像是一張強大保護網，護衛著他脆弱的青少年時期；長大的哈利波特，因為朋友、長輩的愛，得以堅強面對每一次危難。

你或許會說，那只是一本杜撰的書。但我們從小就大量閱讀的格林童話、民俗童話，不都是為了要帶給我們生活啓示嗎？綜合歸類，它們都希望我們能擁有善良的心、樂於助人，而且要去愛別人。

林淑惠、簡菘伯的故事就是實際案例，即使他們仍然傷痕累累，卻不放棄要去愛人，因為他們相信愛能使人獲得救贖與轉變。

還有慈濟志工。我在這裏認識許多志工，不僅在約堡，還有德本、開普敦、雷地史密斯、普里托利亞等地，每多認識一人，心裏對臺灣的情感就愈深，倘若驕傲可以堆砌，我想我隨時都可以上天堂找外公與外婆聊天。

其中有一志工，才小你一歲，當我聽著他的故事時，心裏常常想著你，想著你小時候所看到的臺灣是不是也是這個樣子？

我和黃健堂是在約堡最大的工業區傑米司頓相遇的，在他的工廠內。

我們接近中午時抵達，那是一個星期六，工人休假、機器停歇，整個工業區杳無人聲，然而和我們一樣的不速之客卻不少，十幾個七歲至十五歲不

黃健堂帶著孩子們到慈濟環保點學習資源回收，讓生活環境更潔淨。

等的孩子很快就讓這兒熱鬧起來。

年紀大的孩子，開始劈柴生火，在劈啪作響的火舌上架起一只沈重的鑄鐵鍋，年紀比較小的就在旁邊洗菜、切菜，大小孩與小小孩就這樣分工合作地為自己料理午餐。

這些孩子來自傑米司頓區旁一個名叫杜卡多利河的黑人社區，此區的歷史超過百年，卻沒有任何的改變與發展，好過一點的人選擇離開，根據黃健堂所說的，留下的人大多不成材，成天喝酒、呼麻與打架，路邊乞討的不少，遊蕩的孩子也很多。

如今在這裏領著孩子的就是黃健堂。

「這些菜跟鍋具都是我帶來的，從去年十一月開始每天供餐給這群小孩吃。」在旁邊看著孩子們奔忙，黃健堂只是看著，眼神專注不離，看孩子眞弄不好才會上前幫忙。

供食，緣起於二〇一二年十一月的某天，那懾心的一幕。

他有個親戚的孩子在餐廳工作，每天都會將廚餘帶回來餵養工廠的狗，「一天，我看到一群黑人小孩圍在那個餿水桶旁，你一口我一口地伸手到桶裏撈取食物吃。」對黃健堂與工人來說，或許那只是一桶廚餘，但對那群慣於飢餓的黑人小孩來說，裏頭滿滿的殘肉是山珍海味的化身。

這一幕讓躲在轉角偷看的黃健堂不禁紅了眼眶，辛酸得連上前阻止都說不出話來，因爲這群孩子彷彿就像當年那個窮苦的自己。

還在臺灣、初入社會時，黃健堂會到租屋處附近專賣粽子與豬血湯的店家，解決早餐，這家店以便宜大碗吸引來客，一大顆餡料飽滿的粽子才十五元，一碗豬血湯也不過五塊錢，「之後新聞報導說，這家的食材都是從餿水桶裏撿出來的，稍微過水洗過後就包進粽子和豬血湯裏。」

「我看到新聞後一陣反胃，但還是常常去吃，因爲我沒什麼錢。」這群孩子與當年的他分處不同時空，處境卻大同小異。

黃健堂是花蓮人，出身農家，「那個年代，大家都說軍公教很辛苦，因此政府給他們許多福利與優惠，其實農人更辛苦。」

「我們自己種稻子，卻沒有能力吃得起米。」早年，肥料由農會統一採購，農人沒有閒錢可以繳納，就以稻米作爲扣繳，明文上雖說地瓜也可以代爲扣繳，基本上卻不收，「再扣繳完田賦與水利費用，手邊幾乎沒有稻米，

孩子們必須自己動手砍柴、生火，才有一頓熱騰騰的飯菜吃。

也沒辦法換到什麼錢，只能吃地瓜了。」

你一定也知道揚名國際的臺灣藝術大師朱銘在一九七五年創作的雕刻作品「同心協力」吧？這個樟木的木雕作品是一幅牛車負重，人彎著腰、咬牙低頭，與牛共同把承擔重物的板車推上山坡的圖像，強烈地表達莊稼漢承擔的苦阨精神。

黃健堂說，這幅景象時常出現在他小時候的生活裏，「我家住在秀姑巒溪東岸，我和父親常常要推著裝滿曬乾稻穀的牛車到對岸的農會去，溪水很急，要等到退潮時一鼓作氣地趕牛推車渡河。」這個過程，不只有生命威脅而已，「倘若稻穀沾到一些水，我們就得摸著鼻子再把牛車推回家，把稻穀曬乾再推過去。」

當兵時，每個月國家發給的薪餉兩百五十元，他不僅全數寄回家裏補貼，甚至連假日也幫忙學長站衛兵，「賺外快，兩個鐘頭十元。」長大後，遇到現在的妻子，也因爲窮而遲遲不敢給對方終生允諾……

辛苦大半輩子，還跑到南非從零開始打拚事業，現在的他，總算是苦盡甘來，「這群孩子難道沒有理想嗎？當年我在吃那些東西時，也是滿懷著理想的。如今我有能力，爲什麼不幫他們？」

當黃健堂向妻子傅翠玲提出，要幫助這群孩子的想法時，不僅得到全力的支持，也獲得忠告，「你要給這些孩子的，不是餵飽他們就好，還要教育。」

曾走過一段艱辛路程的他當然明白，「如果只給他們飯吃，而不訓練他們，他們永遠只會伸手。」這也是爲什麼我看到的是孩子們自己砍柴、煮飯，而非黃健堂處處項項不假他人之手的服務。

供食之外，擁有一雙巧手的黃健堂也教孩子做手工藝，比如裁剪廢棄鐵桶做畚箕，或是砍竹子做樂器，「做這些都不難，但要他們願意動手，才能訓練出一技之長。」

除此之外，黃健堂也領他們做環保。

「一來可以改善他們的居家環境，孩子才不會那麼容易生病，再者回收的錢也可以分給他們。」黃健堂的心意很快就面臨挫折，因爲竟然有孩子爲了增加回收量，去偷人家的東西。知道後，他嚴厲地禁止孩子，但孩子卻被罵得一臉無辜，直說：「我沒有偷，我只是拿而已。」

「這是一個隱憂，他們從小接受的觀念就是如此，這也是爲什麼這裏偷竊、搶劫案件如此多，社會新聞多到慘不忍睹。」黃健堂機會教育，不斷地告誡孩子，「如果沒有經過主人同意而拿取，這就是偷，你們這樣，叔叔不會開心的。」

「或許在外人看來他們很皮，但就是因爲沒有人教，所以孩子不懂得明辨是非。」黃健堂認爲，每個孩子都是一塊純眞的璞玉，就看大人與環境如何去雕琢。

食物對孩子來說，就像一個隱形的磁鐵，吸引著他們來到黃健堂身邊，而他不僅僅是擔起供養與教育的責任，也看顧著孩子的健康。

「有個孩子手骨折，怕花錢不敢跟父母說，他的父親只顧著喝酒也沒發現，我想這怎麼行呢？沒有治療好，以後殘廢了怎麼生活？」黃健堂請孩子回家一定要告訴父親，他會幫忙出醫藥費，孩子這才放心地請父親帶他去看醫師。

少有關愛的孩子，愈來愈常往黃健堂的工廠跑，就像一群小跟班似的，黏著他四處轉，也成爲黃健堂的生活重心。

「你們以後有夢想嗎？」他曾問孩子。

孩子們搶著回答，「護士。」「醫師。」「工程師。」「開飛機。」「當總統！」

黃健堂笑著說：「你們妄想要一步登天嗎？即使是總統，也是一步一步努力而來的。這些願望要怎麼達成，你們知道嗎？」

孩子們一直想，卻沒有人回答。

「這些願望都可以達成，但一定要上學，有知識才有機會找到自己想要的工作。」他說。

孩子皺眉，稚氣地說：「可是我們沒有錢。」

爲此，黃健堂向約堡慈濟志工尋求協助，「他們時常辦活動，有一次我帶著孩子去，把孩子的故事講給大家聽。隔天，慈濟志工就告訴我，有一個中國人決定要捐一百萬，提供兩個孩子從小學到大學的一切開銷。」

溫飽是最基本的需求，而教育才能為孩子帶來希望。

黃健堂雖然熬出頭，供食也花不了什麼錢，但是面對愈來愈多的孩子齊聚而來，他也需要支援，「目前給我最大支援的就是慈濟，提供我們許多麵包與食物。但我還是需要其他人幫忙。」

他找上住在工廠附近的一位老華僑。從小在此出生成長的老華僑一聽，馬上直呼天方夜譚，「沒有用啦！救不完的！」

聽黃健堂轉述，其實我也相當認同老華僑所說的，「我們都知道，南非現在處於貧窮線下的，有幾千萬人，眞的是救不完。」

黃健堂黝黑樸實的臉，讀不出任何訊息，他靜靜地拉著我坐下來，告訴我一個故事，那是關於海星的故事——

清晨，在一個暴風雨過後，許多的海星被沖上岸，若在太陽升起之前，這些海星不回到海中，他們將會因爲水分蒸發而死去。

一位受到失業挫折的年輕人來到海邊，見一名老人不斷地在撿拾沙灘上的海星，並將牠們一一丟回大海。年輕人於是上前說：「這裏有成千上萬的海星，不論你怎麼做，都不可能改變什麼的。」老人不急著回答，邊撿起一個海星丟向大海，邊跟年輕人說：「現在，我就改變了一個。」

黃健堂說完這個故事，眼神炯炯地看著我，說：「我追求的也是這樣的理念，說不定這些孩子其中有一個，就是被我救到的海星。」

那天，孩子們津津有味地吃著自己煮的中餐，等著補充好體力，等一下要和「叔叔」一起去做環保，而這位叔叔正在和我講他另外一個名字，「我的母親是臺灣原住民，所以也給我取了一個原住民的名字，叫做那莫。」

「那莫？」前幾年因為採訪的關係，我認識不少原住民朋友，知道他們的名字通常都是有含意的，於是我問：「這在原住民語中是什麼意思？」

「我也不知道。」黃健堂露出他一貫的和煦笑容，「但我母親說，在他們住的那個區域，最早來開墾的祖先就叫那莫。」

與黃健堂見面後幾天，我們又來到他的工廠，閒談中，他說在當兵退伍時曾罹患嚴重的肺病，在宜蘭的天主教聖母醫院足足住了六個月，「那個年代還沒有全民健康保險，看病是很貴的，像我們這樣的窮人家若非大病，是

不敢上醫院的。」然而那六個月的治療，醫院分文不取。

「那是一所教會醫院，醫院的牆上寫著『馬爾他人民捐贈』。」黃健堂笑盈盈地瞅著我，問：「你知道馬爾他在哪裏嗎？」別說我不知道在哪裏，連名字都沒聽過呢！你想必也是，那麼如果告訴你，你常口誤成可爾必思的馬爾濟斯犬就是源於這個小島，會增加你對它的親切感嗎？

馬爾他跟臺灣有諸多相似的地方，它是一個島嶼，位於義大利西西里島南方約九十三公里處，優越的戰略地理，讓它在將近三千年的歷史中，歷經古希臘、拜占庭、英國等八個國家的統治。

馬爾他這一個地中海小島的面積只有兩百六十四平方公里，遠比臺灣三萬六千平方公里小得多，但卻在三十多年前，就將愛遍灑在臺灣的土地上，造福許多貧苦的臺灣人；南非近一百二十二萬平方公里，是臺灣的三十三倍，如今也有一群人，在那兒努力著。

許多的世界地圖上找不到臺灣，更別提馬爾他，因爲她們都太小了，我有個國外的朋友就曾很不客氣地說：「臺灣就像鼻屎那麼丁點兒大！」是呀！我驕傲地承認。即使土地小又如何？臺灣人的心靈非常地富有。

第六封信

亞特蘭提斯

from: Cape Town
R.S.A

親愛的：

自小我就喜歡歷史，同學們說歷史很乏味，是最枯燥的一門科目，但我認爲讀歷史就像在念故事，雖然沒有荒誕又奇幻的場景，實實在在發生過的事卻更迷人。

高三那一年，大家都在忙著決定未來大學要選塡的科系，我跟你說，以後我想念歷史系，你邊翻弄鍋鏟，在轟隆隆的抽油煙機聲中大聲地問我：「念歷史系？那以後畢業你要做什麼？」我說可以當老師，或者去考古吧？說實話，又純又蠢的青春，哪有那麼嚴謹的未來規畫？我打從心底認定你等會兒會勸我轉個念頭。

你把青菜盛盤並讓我接手，關掉抽油煙機，咧嘴笑著對我說：「好啊！你喜歡就好，而且你歷史成績一向很不錯。」這就是你，不會甜言蜜語地說愛我，但永遠都願意爲我的任何決定投下支持的一票，這分愛很含蓄，也很強大。

我是末代聯考的學生，永遠都記得七十格的志願卡上，大膽地只塡上二十五格，十四格是歷史系，十格塡國文系，卻偏偏考上唯一亂塡充數的傳播系。

放榜的那天早上，你請哥哥上網查榜單，然後來我房間搖醒我，哭著說：「你考上慈濟大學傳播系。」我以爲你的眼淚是替我沒考上歷史系而流，而你接下來卻邊啜泣邊說：「花蓮耶，好遠……」

傳播系畢業後，我成爲一名記者，是年少青春時從未想過的。

剛剛我寄出一張明信片要給你，這是每回出國採訪的習慣。你沒有護照，也從未出過國，飛機倒是坐過，但那是跟著中醫公會前往澎湖和金門旅遊而已。所以，我每到一個國家、城市，都會挑一張具有當地特色的明信片，親自貼上郵票郵寄給你，讓這張坐飛機、過鹹水的卡片，領著你想像周遊列國。

明信片上寫的都是在當地所看到的奇特景象，有時候也會訴說一些歷史。我出外鮮少會去注意風景，反而對當地的歷史很感興趣，每當沈浸在國外各景點的歷史簡介時，就會分心地想著，如果當年眞的考上歷史系，你會爲我哭還是爲我笑？

這一次在寄出明信片之後沒多久，我就祈禱郵差把明信片給弄丟！

因爲我寫錯了。

我在明信片上寫著：「這天來到好望角，但運氣不佳，遇上伸手不見五指的濃霧，如果當年哥倫布發現這片新大陸時是看到這個景象，大概會以爲自己來到陰間吧？」

是的，我已經離開約堡，往南來到南非人口第二大的城市開普敦。在約堡發現最大的黃金與鑽石之前，它是南非最大的城市。

來到這裏不免要到好望角朝聖，說起好望角，很多人腦中跳出的第一個印象就是：「那是非洲的最南端！」其實好望角往東一百五十公里處的厄加勒斯角才是。好望角之所以聲名大噪，源於在蘇伊士運河未開通時，它是歐洲通往東方的海路必經之地。

然而發現好望角的人並非克里斯多福．哥倫布，而是葡萄牙航海家巴爾托洛梅烏．迪亞士才對。當年沒能考上歷史系或許是天意吧。

如果你收到這張明信片，是否可以默默地忽略這一個要命的小錯誤呢？

太陽露臉，大霧漸散，我們終能一睹好望角的美麗風情。（上頁圖）

明信片上說到陰間，其實不全然是惡作劇的話語，當年迪亞士航海至這個大西洋與印度洋交界的海域時，突然狂風大作、驚濤駭浪，使整個船隊覆沒，最後巨浪把倖存船隻推到這個峽角上，艦隊才得以延存，因此迪亞士將這裏命名爲風暴角。

好望角的濃霧，在我們抵達之後半小時就漸漸散去，風景逐漸清朗，這兒的美不是語言可以形容，簡直不可思議。一如迪亞士發現風暴角的十一年後，另一位探險家經過好望角，成功駛入印度洋，並滿載黃金、絲綢歸國，葡萄牙國王於是將風暴角改成好望角，那分喜悅之情，我深有體會。

其實，開普敦的美不只這一小角，我們曾行車於一輛觀光巴士後方，巴士後面的玻璃鏡面寫著：「你不需要一個假期，你只需要開普敦。」

兩年前，我也曾到南非採訪，那一次跑遍約堡、雷地史密斯與德本，就是沒有到開普敦，回國之後，一位曾在南非受教育的朋友興致勃勃地問我：「你有去開普敦嗎？」聽到我說沒有，他滿臉不可置信，直說：「那你去南非幹嘛？」亦有南非當地臺商跟我說：「沒有去開普敦，你就不算眞正來到南非。」

我在開普敦只停留短短四天，每天都期待上街走走，這裏的房子盡是漂亮的歐式住宅，港灣停泊著遊艇，街道乾淨有序，路旁別緻小巧的咖啡廳林立，無論任何時候，都可以看到人們悠閒地坐在陽傘下品嘗咖啡與點心。如果我把照片拍下來，告訴你這裏是法國巴黎左岸，你一定會相信。即便我明知身處南非，還是會有錯覺認爲來到法國南方的港口城市。

之前也曾跟你說在約堡看見歐洲，但是開普敦的歐洲比較「人性化」，就像Gino說的，約堡是一座樂高城市，短短幾年內堆疊拼湊而成，歐洲風情顯得有些造假，但開普敦的歐洲可謂渾然天成。

這也與歷史有關。開普敦是西方殖民者在南非最早建立的定居點，並左右這座城市的建設與發展，也是十九世紀英國殖民統治的中心。

新南非成立之後，以黑人爲主的非洲人國民大會一直以來都是執政黨，全國大選總是穩拿超過六成的選票，地方層面上，幾乎控制所有省分的執政權，除了西開普省執政者爲白人之外，而開普敦就在這裏。

開普敦是南非最早的殖民城市，也是歐化以及最「白」的城市，黑人只占少數，與這個國家的人口構成鮮明的對比。

我們寄居在一個臺灣家庭，他們居住的地方靠近山上，上坡那條路有個迷人的美稱——「情人坡」，「因爲我們這兒是看開普敦夜景最棒的地方。」男主人黃坤發得意洋洋地說。

沒錯，晚上推開落地窗走出去，黃光燈泡點點閃爍著，我喜歡拿下眼鏡往前望，因爲散光度數重，滿布黃光在眼中變形散射，就成爲一個個的摩天輪，令人充滿想像！早上的風景也沒讓人失望，湛藍的天空襯托著歐式建築，洋灑著舒適的氣溫，這裏眞的不是巴黎或倫敦嗎？

「以前的開普敦更美、空氣更清澈。」賴玉容，她是黃坤發的朋友，個性大剌剌的，有話直言，大家都以「小龍女」稱呼她。她是一名體型嬌小的臺灣女人，移民開普敦已經二十幾年，也是我們在開普敦很重要的嚮導。

小龍女指著清澈湛藍的大片天空，說：「看，中間是不是有一條灰灰的，像沙塵的顏色？」

其實我剛剛就看見了，天眞地以爲是一片淡薄的烏雲。

「那是空氣污染，這幾年才開始有的。」小龍女嘆口氣，反覆地說著：「以前的開普敦更美。」

記得你很討厭南臺灣常吹拂的南風，南風因爲挾帶著暖溼的水氣，總讓家裏又悶又潮溼，嚴重時，地板、牆面都還會凝結水珠。那麼，你一定很羨慕開普敦，因爲它有一種風，甚至被稱爲醫師！

開普半島因爲西面的南大西洋高壓脊的存在，常有清新的西南強風吹拂，帶走空氣中的髒污，當地人將這股強風稱爲「開普醫師」。

既然如此，小龍女指給我看的那層污染，是如何造成的呢？竟然讓開普醫師也宣告無能爲力！

「窮人沒有錢買暖氣，就燒輪胎。」聽到我驚訝地說，燒輪胎會排出有毒氣體，何不燒木柴或煤油就好？小龍女話語中有大人的沈著經驗，「輪胎才燒得久，這是最省錢的燃煤。」

開普敦志工帶來食材給社區廚房，也幫忙發放熱食，他們叮嚀小男孩捧好裝有熱湯的碗。

新南非成立之後，種族隔離制度徹底廢除，黑人能夠自由選擇居住的地方，鑑於開普敦良好的基礎設施和自然環境，製造業、旅遊業發展良好，吸引不少黑人來此尋覓機會，目前開普敦人口仍是白人占多數，但黑人也在悄悄中占了三分之一人口數。

然而多數前來尋求溫飽機會的黑人青年，教育與專業技術水準都比較低，帶給開普敦很大的壓力，尤其是住房與失業人口問題更爲突出。二〇〇五年這兒的失業率就高達百分之二十六，有逐年增加的趨勢。

開普敦的種族構成與分區居住狀況依然如故且界線分明。黃坤發與小龍女帶我們遠離城市，行往郊區，抵達亞特蘭提斯區的馬摩里，這裏居住的大部分都是黑人，或是雜色人——他們有些是黑人與白人結合的後裔，有些是移民的馬來人。

如同約堡的鐵皮屋區再度打破我的歐洲美夢，這裏畢竟還是南非，在這個白人掌權的城市仍然有非洲的滲透。

抵達馬摩里，大約是早上十一點左右，小區內的一角，排著長長人龍。我們循著人龍找到中心點，兩坪大的鐵皮小屋正傳出陣陣的香味。

負責煮食的喬安娜．法薇利（Johanna Favilli）邊舀起一杓杓的蔬菜湯以及分送麵包給排隊的人，邊跟我們敘述這個地區的困難。

「很久以前，亞特蘭提斯有一個工業區，因爲罷工頻繁，工廠都撤走了，許多人因此失業。」喬安娜無奈地說，此區的人教育程度普遍不高，又沒有專業技能，大多只能從事低階的藍領作業，「不遠處有一座葡萄園會提供工作，但只有採收季節才有，一年不過三個月。」

喬安娜說，除了沒有工作，小區人民因爲過往從事危險的藍領工作，殘疾人士不少，「雖然政府一個月補助一千元，但扣掉生活費、孩子的學費等，這筆錢沒多久就用完了。」

喬安娜是社區裏頭少數幸運的人，有一份固定的工作，再加上又是教會的志工，社區多數人都認得她，肚子餓得受不了時，會上門求援，「我會給他們食物，並以聖經的啓示安慰心靈，但是那些比較容易害羞的人，誰來幫助他們？」

於是喬安娜找了其他三位朋友，決定在社區內設立社區廚房，「我們自己做些手工藝，賺的錢就能去買瓦斯；肉店會提供我們骨頭熬湯，還有商店會給麵包，再自掏腰包出點錢，勉強可以熬一鍋稀薄有味的湯。」

社區廚房成立於三年前，每週供食三天，但商家供糧時有時無，喬安娜等人也沒有辦法應付動輒百人的供食。其實，政府也明白南非目前大部分人的生活情勢，積極地推動各類方案提升黑人的生活，然這並非一朝一夕所能達成，需要的人實在太多。於是政府想出一個方法，鼓勵社區發起自救，官方再提供補貼。

「我們向政府申請協助，但全南非需要協助的社區太多。後來居民告訴我們，有一個慈善團體就在開普敦，或許可以去碰碰運氣。」

喬安娜就這樣跟黃坤發與賴玉蓉聯絡上，他們兩人在開普敦除了以臺商身分自居，另一個身分則是慈濟志工。

「他們每個月帶來大量的蔬菜與馬鈴薯，對我們的幫助很大。」喬安娜笑說：「遇到資源不足時，曾經想過要放棄，但看到鄉親餓著肚子，心裏掙扎難熬，還是放不下。現在有志工幫忙，我想我可以一直做下去。」

黃坤發接著帶我們去拜訪六十七歲的艾瑪．瑪貝絲妮（Emma Makbatini）奶奶。

奶奶家有二十五個小孩，從抱在懷裏的嬰兒到青少年都有，「這些都是我在街上撿來的，有的則是自己跑來的，還有門口那個，是社工帶來的。」奶奶優雅地安坐著，語氣輕柔，就像我印象中的外婆。

奶奶進一步解釋，大部分的孩子並非沒有父母，「他們的父母都是遊民，帶著他們在街上流浪，有時連一餐都沒得吃，我很不捨，就把他們帶回家。」艾瑪奶奶不只給飯吃，還幫孩子洗澡，並找來乾淨的衣服換上。她的笑容帶動起嘴角的皺紋，「這才是孩子該有的樣子，不是嗎？」

孩子們在奶奶家獲得溫暖後，再次回到街上，幾日後又跑回她家，飽餐一頓、沐浴淨身。遇到雨天，也知道要跑來投靠，日子久了，索性就住下來。而艾瑪奶奶總是張開雙臂歡迎著。

從一九九二年開始，艾瑪的善行因爲一念不捨起頭，然而僅有的資源是政府每年補助的一千兩百元老人年金，以及三名兒女每個月寄來的少許補貼，「日子實在過不下去，我會要孩子們忍耐點，如果一餐可以吃五粒米，窮的時候吃兩粒米就好，等下個月領到錢，就有得吃了。」

如此窘境，一直到六年前才有轉機。

慈濟志工每年冬天來臨前，會在開普敦幾個社區舉行大型發放，主要以大米等食物爲主，讓貧困人家能安然度過嚴冬。每個領取的對象都經由他們深入訪查，確定需要援助的人能拿取一張發放單，發放當日再憑單領取。

「單子上有電話，朋友拿來給我看，我心想，爲了這群孩子，不如一試吧！」她撥了電話，從此之後擺脫無米之炊的憂愁。

那日回程，在情人坡上，我忍不住開口問黃坤發與小龍女，開普敦類似這樣的社區那麼多，他們怎麼救得完？

「救不完。」小龍女豪爽直言。

扶養二十五個孩子的艾瑪奶奶，言行舉止優雅，對孩子的教育與生活學習特別重視。

「很慶幸的是，這些需要幫助的人，不會只伸手等待援助。」黃坤發接著說：「發起自救的人不少，像喬安娜、艾瑪這樣的人，每個社區都找得到，他們也窮，卻很樂於以微薄之力幫助自己的鄉親。」

黃坤發拿起遙控鑰匙一按，鐵門緩緩向左右兩側滑開，開啓一條通往家的道路。「我們的責任就是去找到他們，從旁給予協助。」

黃坤發和小龍女在接下來的三天，又陸續帶我們拜訪許多人，這些人和喬安娜以及艾瑪一樣，以我們的眼光來看實在窮得不像話，只不過家中多了幾粒米、幾片菜葉，就急著分送給一無所有的鄰居與鄉親，而他們也都很幸運，因爲有志工的支援，讓善行不致中斷。

我們幾乎都繞著亞特蘭提斯這一區跑。亞特蘭提斯聽起來很熟悉，對不對？印象中，亞特蘭提斯絕對不是開普敦的黑暗一角，而是一個鮮明、光潔與充滿夢想的古老大陸。

沒錯！亞特蘭提斯是一個傳說中的古老大陸，也有人說是國家或城邦。最早出現在古希臘哲學家柏拉圖的著作裏，根據書中的描寫，亞特蘭提斯出產無數的黃金與白銀，所有建築都是用這兩種稀有礦物作爲梁柱與牆面，而且文明發展程度令人難以想像，不僅有完善的港埠與船隻，還有能運載人類的飛翔物體，其影響勢力囊括歐洲與非洲大陸。然而卻在一次地震與洪水中毀滅，沈落海底。

一些學者對於亞特蘭提斯持否定態度，認爲這不過是柏拉圖自己的「理想國」，然而柏拉圖堅稱，這並非是他所虛構，而是歷代口頭流傳的故事。

直至今日，許多的考古學家與歷史學家爲此前仆後繼，不放棄尋找這塊大陸的蛛絲馬跡，然而卻只能捕風捉影，沒人能提供足夠的證據顯示證實。

歷史的故事不斷地在告訴我們，文明的殞落部分來自天災，部分來自人禍，然而文明的興起卻單純得多，那就是人。人群聚而居，運用地理環境築出適合居住之地，利用智慧打造新生活，並仰賴歷代明君、統領，帶動社會安詳與富足。

我深愛著歷史，段段故事帶給人省思與警訊，還有經驗，如果歷史所說的都是有根有據，那我們是不是也能期待開普敦的亞特蘭提斯總有一日也會變得更美好？

會的，她會的，不僅僅是因爲她以傳說中的古老大陸爲名，而是因爲這兒的人擁有一顆疼惜他人的心。

第七封信

瑪麗媽媽

from: Cape Town
R.S.A

親愛的：

小時候，我們村裏有一面牆漆著一句標語：「一個孩子不嫌少，兩個孩子恰恰好。」

你可知道，現在走在臺北市，也可以看到相關的標語，但不是以端正的紅色楷體漆在牆上，而是做成色彩繽紛的海報貼在各個公共場所。

相較於小時候那句漆在各鄉村牆上的紅色標語是希望節育，今日臺北市的海報則恰好相反。

一九五三年前後，臺灣處在備戰思維下鼓勵生育，導致人口暴增，十年後，政府認為人口持續增加將帶來不可避免的後遺症，因此一九六四年全面推行家庭計畫，上面這句口號就此傳唱三十年。人口自然增加率逐年下降，還兩度被「美國人口危機委員會」評鑑為開發中國家控制生育率第一名。

近年來生育率嚴重下滑，於是在耳熟能詳的標語中多加了句「三個孩子不嫌多」，各縣、市政府並以生育津貼鼓勵生產。以臺北市為例，每胎提供兩萬元生育獎金，五歲以下幼兒，每個月提供兩千五百元的育兒津貼。之前還以開放投稿的方式，從眾多的口號中挑出「助你好孕」作爲專案名稱，大街小巷都可以看見相關海報。

但身爲母親的你一定深有所感，養孩子哪有那麼簡單？

我的兩個女性朋友，婚後各自生了一個漂亮的水瓶座女孩，兩個小女孩都長得像爸爸，我常笑著替朋友抱屈：「辛辛苦苦懷胎十個月，孩子卻不像自己！」朋友聞言笑笑說：「健康比較重要。」

最近她們都懷上第二胎，但這一次，兩人懷孕的過程就不如第一次來得幸運。

我的學妹不僅有嚴重的孕吐，隨著孩子愈來愈大，曾受損的脊椎問題愈發嚴重，爲了寶寶卻選擇忍耐不去做任何治療；前兩週，她下腹疼痛得難受，以爲孩子提早臨盆，緊急送醫後，醫師判定是恥骨分離。我想起聯考送志願卡那天，我從腳踏車上摔下來，左手嚴重脫臼，之後足足復健兩個月才好，痛得什麼事都不能做。

反觀學妹的狀況，她不僅沒辦法復健治療，還得持續負重三千多公克的嬰兒、照顧一歲大的女兒。疼痛與操勞對她來說，已經是生活中的一部分。

另一個朋友才剛懷孕六週，寶寶的狀況很不穩定，頻頻出血。有一回，只是從座位上站起來要去送公文，就感受到下體一陣熱流，跑到廁所一看，底褲上已經沾滿一大灘血。她趕緊向公司請假去看醫師，還好寶寶無恙。這幾週以來，她得吃安胎藥、打安胎針，還得時時請假躺在床上休養。

「當媽媽眞的好辛苦。」我不捨。

「孩子生出來之後，那才叫辛苦。」兩個朋友不約而同地這麼說，懷孕中的不適以及生產所面臨的危險都只是一個過程，「養育小孩要犧牲睡眠、跟朋友的相聚時間，隨著孩子愈來愈大，要擔心的事情就愈來愈多。」

我曾聽過有人這麼說：「懷孕的時候很想把孩子生出來，孩子生出來之後反而想把他塞回去！」

你也是這麼認爲的嗎？你的後半輩子總是爲我操勞，擔心我吃不飽、穿不暖，煩惱我學校功課跟不上進度，擔心我交到壞朋友，現在我已經而立之年，仍憂慮著我一個人在外地打拚，是否會照顧自己？

我曾問你，爲什麼不多生幾個？

你呻吟一聲，回答：「光是你和你哥，就夠我操煩的了。」

我想，女人會開始變老，都是從她生了小孩之後開始的。

我在開普敦看見艾瑪奶奶對孩子們的無盡包容時，想起曾在普里托利亞遇到一個很不可思議的女人，或許臺北市政府可以請她來當「助你好孕」的代言人，她沒有很會生，卻有令人費解的巨大勇氣，被她收容照顧的孩子至今超過五百名！

她是七十四歲的瑪麗．勒瓦特，六成處於貧窮線下的其中一名黑人，來自西北省最大黑人社區索桑谷維。這麼平凡的一個女人，是什麼因素讓她有勇氣去扶養毫無血緣關係的五百多名孩子，還得忍受他們歷經青少年叛逆所帶來的勞心呢？

「那是在南非最黑暗的時期。」瑪麗溫和圓潤的臉龐帶著肅穆。

一九七〇年代，黑人各部落間因為意識不同、理念不同，村與村之間、部落與部落之間時常在爭鬥，焚屋殺人事件層出不窮。

（攝影／顏霖沼）

瑪麗媽媽的笑容很可愛，難怪孩子們見到她都不會因為怕生而哭泣，我想這就是媽媽的感覺吧。

一九七五年，她來到一個幾乎全毀的村子，杳無人煙中傳來一陣微弱的嚶嚶泣聲——那是一名不過三個月大的孩子，父母在爭鬥中雙亡。瑪麗將孩子抱至警局備案，當時像這樣的孩子是數也數不清，警方又奈何？於是，瑪麗做了一個決定，她爲孩子註冊，並在嬰兒的姓氏欄中，塡上自己的姓。

我好奇瑪麗的經濟狀況，她如此回答：「我和先生擁有一棟平凡的小房子，先生有一份平凡的工作，而我本身只是一個平凡的家庭主婦。」

我早已在你與鄉下那群鄉親身上，看見平凡所散發的驚人力量，而瑪麗也像我們那兒的人。

「那時，街頭到處都是流浪的孩子。」瑪麗說，部分孤兒由親友照顧，但爲數不少流落街頭，或偷或搶爲生存，造成後續衆多社會問題；不幸的，就成爲清晨或深夜中在路旁悄然斷氣的幼魂。

瑪麗曾經收容一個兩歲的孤兒。孩子的父母口角後，父親殺死母親，接著拿起石塊往孩子臉上砸去，等孩子倒臥在血泊中，父親才絕望地上吊自我了斷。

「當我看到這個孩子時，他全身是血，抱著父親的腿整整兩天。如果我沒收留他，或許早就死掉。」瑪麗擔憂的是，若他被壞人帶走呢？注定要面臨更不幸的命運。

一九九四年至一九九五年間情勢更爲嚴峻，短短一年，南非暴力犯罪事件就高達六十三萬多件，半數是白人遇襲，而很大一部分則是黑人的內訌與內鬥。

恢復自由之身後，黑人開始因爲不同黨派、幫派而有所衝突，再加上行之有年的部族對抗，暴力衝突激烈，流血事件頻繁。

圖圖主教對此曾說：「黑人社區的某些方面出現『大錯』，我們正變得殘暴無常……」

曼德拉也憂心忡忡地說：「我們的社區處於危險之中，我們的人民每天都在被殺害，如果說存在著任何危及南非前途的因素，那就是當國家處於危機時，我們還在內訌。」

在這樣的黑暗時期，瑪麗卻默默地開始收容孤兒，一個接一個地將爭亂中的遺孤，納入自己溫暖的羽翼下。也是從這個時候開始，她最爲人所稱呼的不再只是瑪麗二字，而是瑪麗媽媽。

曾有商人問瑪麗：「收容這些孤兒，你可以賺多少錢？」在南非養育未成年的孩童或是喪親遺孤，每個月可以向政府領取微薄補貼。可是瑪麗收容的孩子，大多是提不出身分證明的孤兒，根本無從申辦補助。她哭笑不得地回答：「如果你以為可以賺錢，那就大錯特錯。」

一開始，瑪麗養活這些沒有血緣關係的孩子，靠的是丈夫的薪水；當收養到十三位時，丈夫已經無法再承受。陷入兩難的瑪麗，無法放棄孩子，選擇忍痛切斷婚姻。

丈夫好心地將房子留給她與孩子們，即使不過是幾塊鐵皮廢料搭起來的房子，瑪麗仍感激著。

失去經濟依靠，瑪麗得自力更生。「我向農場要一些被淘汰的雜菜，但這不是常常有。我們最常吃的，就是一點點黃豆加大量的水，或是如清湯般的玉米粉。」玉米粉是南非人的主食，混合一定比例的水加熱收乾，成品應似玉米粉糰而非湯水。

「有時候，我會向拉車賣麵包的小販賒帳，請他隔日再來拿錢。」隔日，小販上門時肯定找不到她，「我會躲起來，等有能力時再慢慢還。」

同樣的情況，也發生在孩子的教育上。南非的基礎教育制度分兩階段，一年級至七年級是小學，八年級到十二年級是中學。公立學校學費相當便宜，考量普遍貧困，部分學校容許學生先就讀，再慢慢分期還清學費。

堅持教育才是脫貧的捷徑，瑪麗送所有的孩子去上學，卻沒有能力在學期終了前還清學費，「若被學校趕出來，就去另外一所；再被趕出來，就再找別所學校。一所接一所地念，勉強可以念完高中。」

過往投機的方式，讓瑪麗邊說邊害羞地頻搗臉，若非她膚色黑，或許話還沒說完，臉就紅透了吧！

走進瑪麗的孤兒院，小小孩一見來客即小步奔跑趨前，大的孩子則是落落大方地向我們打招呼。參觀他們的寢室，上、下床鋪打理得整整齊齊，外來客送的玩偶，整齊排列在折疊好的棉被上、枕頭邊。

我訝異這兒竟是如此的「完整」。或許經濟不豐，但是瑪麗給孩子生活

孩子們為了歡迎我們到訪，熱情地脫掉上衣圍一圈，舞著傳統非洲舞蹈。

教育，讓孩子享受生活品質。孩子穿著乾淨整潔，那身衣服不新穎卻也不破舊，而且都相當合身。每日的飲食除了三餐，偶爾還有手工點心。孩子的體態，不是你所想像的非洲難童般瘦骨嶙峋，他們既健康又結實。

十九歲的歐蕊蔻潘茲．蕾托芭（Orekopantse Letoaba），是一名較年長的孩子，正在大學就讀法律學院。十二歲時，父母相繼往生，她被親戚無情地趕出家門，成爲瑪麗媽媽家的一分子。

即使在瑪麗的身邊，獲得安身以及無私的愛與慈祥，童年的回憶仍牽絆著她。高中時，她無意間翻到一本簡易版的南非憲法，其中一句寫著：「每一個人都有生存的權力。」她深深爲此震撼。

「確實，但是也要有運氣。」歐蕊蔻潘茲有著亮麗的年輕臉龐，還有就讀法律系的清晰口齒，「我就是運氣好，遇到了瑪麗媽媽，才能獲得生存的權力。」

我問歐蕊蔻潘茲爲什麼想念法律？

「念法律就是想跟瑪麗媽媽一樣，可以去幫助別人。」歐蕊蔻潘茲說：「孤兒院的孩子大部分都很努力，因著瑪麗媽媽的愛而努力。」

對於孩子們來說，瑪麗媽媽之於他們的意義，就像她為孤兒院所命名的——「希望之家」，因為這裏是孤兒們的希望所在，也是身心歸處。

「她是一個內心非常強壯的女性，才能面臨如此多的困難，仍未棄我們而去。」歐蕊蔻潘茲永遠都記得，當她要考大學時，擔心經濟困窘的瑪麗媽媽根本無力支付學費，遲遲不敢開口。可不是嗎？瑪麗雖然讓孩子們上學，但靠的是投機方式，小學、中學或許還能一間間地換，但大學可不是欠繳學費再隨意換一間即可。

瑪麗聽完她的願望，一如當初那個笑著收容小歐蕊蔻潘茲的溫和婦人，即使窮困卻全身充滿著希望：「你儘管努力考上大學，屆時我們一定能得到支援。」

身為母親的你一定也很想問，瑪麗媽媽的希望從何而來？

「一九九五年開始我們有了支援，這些支援讓孩子不僅是填飽肚子而已，還獲得一個身為人的尊嚴。」瑪麗俏皮地笑說：「我們終於不再欠學校錢了。」

瑪麗將思緒回溯到種族隔離政策瓦解後的第二年——一九九五年五月，

索桑谷維社區爆發嚴重的種族與政黨紛爭，這場人人自危的紛亂中，卻意外展露一束光芒，朝著她迎面走來。

「那是一場東方人辦的茶會，名爲和平燭光晚會。」瑪麗說著說著不禁笑出聲來，「這群穿著藍上衣的人實在勇敢，皮膚那麼白還敢走入黑人社區，況且還是在爭鬥期間。」

在這群東方人的熱情邀約下，瑪麗來到約堡參加茶會，才知道這群人來自臺灣，在當地推行慈善事業多年。「慈濟志工聽我說著孤兒們的事，還讓我帶走許多食物和衣服，這都是我們最需要的。」

不久，志工來到她的住所探訪，看到她和孩子們擠在小小的鐵皮屋裏，睡的是凹凸不平的地面，毫無遲疑就決定伸手馳援，一位志工甚至將原本要賣掉的房子無條件捐給她。

瑪麗驚歎說：「你能想像嗎？那是一間磚房，我長那麼大從未住過這麼好的房子，他們卻毫無條件地送給我、送給孩子們。」好似夢一場，瑪麗連連說了幾次：「這是我想也不敢想的事……」

不僅如此，志工還按月帶來食物、日常用品，「他們也支付所有孩子的

蓮花之家雖然持續向外界募集資源，但也自種蔬菜和畜養雞、鴨、牛、羊。

學費，孩子們終於可以抬頭挺胸地安坐在教室上課。」

這樣的「白人」，讓瑪麗驚訝也很受感動，更讓她明白黑與白之間，雖然膚色、語言如此南轅北轍，但溫熱的一顆心是毫無差別的。瑪麗話即此，伸出厚實的大手，輕輕地、肯定地放在我的左邊胸口。我看著她的眼睛，很驚訝一個膚色深我好幾個色階的她，竟有如此清澈的眼神，瑪麗說：「我們心中的愛都是一樣的。」

爲了表達對志工的感謝，篤信天主的瑪麗以具有佛教象徵的蓮花，爲孤兒院更名爲「蓮花之家」。

瑪麗不僅無私，也不藏私。走進蓮花之家，你會發現這裏除了乾淨就是簡便，沒有太多的家具、設備或是物資，她所謂的夠用，眞的只是能應付生活所需。

瑪麗將志工捐贈的多餘衣物與毛毯分送給附近的貧戶，每日中午供餐給社區內四十戶極貧人家與鄰近學校學童，而這樣的一頓午餐，或許就是貧困學童當日的唯一一餐。

二十三歲，來自隔壁省分的單親女孩卡法札．瑪恩比尼（Gavaza

Mthombeni），也是受助於瑪麗與志工的對象。

「如果不是瑪麗媽媽，我可能會走上和母親還有外婆一樣的路，只能到別人家當幫傭。」卡法札雖然家貧，但從小功課就很好，考上大學那一年，母親坦白告訴她：「我沒有能力供你念書。」叔叔幫忙湊到一千五百斐鍰，告訴她：「這筆錢是我唯一能給你的，其他的只能靠你自己。」

拿著一千五百元，卡法札卻覺得比沒有錢更絕望，因爲她擁有的優勢只有一張大學錄取通知書，以及對讀書的熱情，但這些都不足以拼湊現實，「一個學期要一萬八千塊，我連註冊念一個學期的機會都沒有，何必再給我一千五百元的微薄希望？」

後來，透過系上的老師，她認識了瑪麗。「我根本不抱任何期望。家人都不能幫忙，世界上怎會有人願意對陌生人伸出援手？」但才見面沒多久，瑪麗很快就答應她，並聯絡慈濟志工協助。

志工吳淑津笑說：「這就是瑪麗媽媽，即使不是蓮花之家的孩子，遇見了，她就想幫忙。」

說來誰能相信，我竟在一間孤兒院，接收到如此強大的暖意。

獲得志工馳援之前，瑪麗縫製衣服、販賣自製的濃縮果汁，然而食指浩繁，儘管勤勤懇懇，仍得向商家募款。數不盡的奚落與訕笑，她早已經習以爲常。

「自己要多事，還來向我們要資源！」

「把孩子通通趕走不就沒事了嗎？」

「常有人問我，爲什麼不放手？」瑪麗苦笑著說，如果事情這麼容易就好了。

我問她，在困頓的時候，可曾想過停止收養？瑪麗先是低頭不語，接著輕輕地眨著眼，「確實有過這樣的想法。」說話的同時，她的表情和語氣彷彿是在譴責自己竟有過如此念頭，「慶幸的是，我最終仍舊失敗了。」

瑪麗媽媽敗給自己內心那分無畏懼的愛。親愛的，世界上所有的媽媽是不是都如此勇敢？

我常驚呼你是萬能的，無畏地替我趕走老鼠與蜘蛛，會粉刷油漆，前幾

卡法扎大學念服裝設計系，穿上自己設計的禮服，美麗又自信。

個星期還修好我房裏的電風扇，面對我的讚美，你這麼回答：「不然要怎麼當人家的媽媽？」

以後我如果當人家的媽媽，會不會也像你和瑪麗媽媽，或我那兩個朋友一樣地堅強呢？

第八封信

天地教室

from: Ladysmith
R.S.A

親愛的：

升國中那一年，我和你大吵一架，因爲我想念村子裏的那所中學，而非你期待的鄰鎭國中。「我的同學們都在那裏！」到鄰鎭去念書，代表要獨自面臨陌生環境，生平頭一次離開熟悉的環境，我眞的會害怕。

你仍堅持要我去讀那所離家要十五分鐘車程的國中，「那裏校風比較好！」你說。但我認爲那不重要。

紛爭在我的屈服中結束，後來在那個陌生的環境中，我交到這生最要好的朋友之一，現在我很感謝你當年的堅持。

我們村子裏的孩子不多，因此從小學一年級到六年級的同學都是同一批人。小學時，我拿過不少次第一名的成績，但就像是一股魔咒，六年來最常拿到的都是第三名。記不記得那個常常跟我爭奪第三名的小億？他念的是本地國中，聽說國中畢業後就去當流氓，可是同樣念那所學校的阿國，之後考上我望塵莫及的國立大學。

兩個同學在一樣的教育環境中，各自邁向截然不同的人生發展，很難說是不是學校校風不好，或許那裏的負面誘惑比較多。

後天環境的負面影響，從小時候你買給我的《孟母三遷》即可窺知一二，內容是關於中國古代儒學思想家孟子的童年故事。

孟子一家原住在墓地旁，每天都有出殯隊伍或掃墓的人前往，他和鄰近的小孩玩起葬禮、掃墓的遊戲；孟母心裏非常擔憂，於是舉家遷至市集旁，孟子有樣學樣玩起買賣遊戲，學商人吆喝叫賣、學客人討價還價，言語流露粗俗；孟母認為不妥，舉家搬遷到學校附近，孟子開始模仿學生念書，舉止也變得謙虛有禮。孟母終於安心地說：「這才是最適合孩子居住的地方！」

古時的中國，現代的臺灣，年代相距兩千三百多年，但家長們一樣注重孩子的發展。臺灣今日面臨少子化，偏遠地區的學校逐漸縮減，但學校數目仍然供過於求，因此才能讓你們這些家長有所選擇與挑剔。

一直以來，我都認為教育也是一種買賣，學校是賣方，而我們是付錢的買方，挑學校就像上市場買菜一樣，全由買方作主就是。

可是這幾年走訪國外，到一些偏遠的地區才發現，原來並非全世界的學生與家長都有能力在教育方面出得起價。

兩年前，我到泰國北方清萊府、清邁府山區採訪，山林間散居著阿卡族、蒙族以及甲良族等少數民族。如果說我們鄉下是遠離塵囂，這兒便是被時代給遺忘。放眼望去盡是土黃色的茅草屋，交通不便，居民靠種菜、植稻自給自足，過著沒有收入也沒有交易的生活。

在這裏受教沒得選擇，教育資源僅到小學，老師們多半是少數民族，許多連泰語都說不完全，加上師資流動頻繁，教育品質堪虞；多數孩子小學畢業就隨父母下田，終其一生受困於原始貧窮的山區。

我認識一個十七歲的阿卡族少年查那沛，他跟其他山區孩子一樣，小學畢業就失去教育機會；爲了他的未來，父母不得不忍痛將他送到七百公里遠的泰國中部紅統府一間寺院，那間寺院運用各界的捐獻供孩子吃、住，也讓他們有受教育的機會。

查那沛離開家時，只帶著五件衣服及父母四處借來的兩千泰銖，歷經近一天的交通顛簸，終於抵達寺院，開始遠離父母的求學生活。

查那沛願意這樣嗎？他的父母不心疼嗎？現實殘酷地活生生拆散他們。相較當年我對你的抗議，奢侈得令人臉紅。

如果說泰國偏遠山區的孩子與家長很無力，那麼南非的狀況更不一般，無論是買方或是賣方，一樣都在受罪著。

離開開普敦以及瑪麗媽媽之後，我們在志工熱情的長途車程接送中，抵達夸祖魯—納塔爾省雷地史密斯市。南非的道路又寬又大條，即使逐漸遠離城市，一般的聯外道路仍是筆直平順，一不小心就會突破時速一百二十。我認爲南非的道路是這個國家非常迷人的優點之一，上路就能享受到高規格的待遇。

可是隨著愈深入鄉村，走訪幾所黑人學校，我彷彿從ＶＩＰ貴賓室被急速降級，再一次地被趕回非洲世界。

來到泰地小學，髮鬢與鬍鬚都已經染上一層霜白的龍瓦那．隆威（Nhlanhla Hlongwane），很有身爲校長的架式，高大的個子幾乎要頂到小學天花板的瓦片，我看過他在早晨時與孩子的朝會對話，想起我們村裏小學的

雷地史密斯的鄉間，美麗如畫。

老校長，相當威嚴。

聽到我們想了解南非當地的黑人受教環境，龍瓦那堅持地說：「如果你想了解南非黑人教育的現況，那麼更應該要先了解歷史。」

一九五三年《班圖教育法》成立，規定所有學校都得向土著人事物部註冊，不經批准不得成立學校，新成立的黑人中學必須設在土著人保留地，不允許設在城市。「這一條規定徹底剝奪城鎮黑人子女就學的機會，除此之外，以往教會普遍於鄉村設立的黑人學校，也遭到禁止，並不再享有任何的政府補貼，經由認可成立的黑人學校只能領取固定且微薄的補助經費，不足部分當由家長、師生以及校務董事會自行解決。」

龍瓦那沈痛地表示，白人與黑人的教育體制區別，造成教育經費、教學條件以及校務設施補助方面的巨大懸殊。班圖教育的結果，剝奪大部分黑人受教育的機會，二十世紀八〇年代中期，黑人學生只有百分之二有能力上高中。一九九四年民主執政之前，南非全國文盲高達百分之五十，其中黑人文盲即占百分之六十八。

「當時一個鄉才一、兩所黑人小學，大部分的孩子平均都要走上三、四個鐘頭去上學，很多就乾脆放棄了。」龍瓦那說，鄉下人不是在家務農，就是到工業區從事勞動工作，工資大約一個星期四十斐鍰，「如果讓孩子坐車去學校，一天來回車資一元，五天就要五元，剩下三十五元要供全家吃喝還要生活。」

這番話的分析，結論是可預期的悲傷，「當時我們這個區的就學率僅百分之五。」龍瓦那說：「這種情況一直到新政府上臺之後，才有所轉變。」

非洲其他國家在白人統治結束之後，經濟逐漸走下坡的現象並未在南非重演，因此新政府上臺之後，得以有足夠的資產，在國家財力允許的合法範圍內，大力縮小和消除貧富差距，特別在教育上投注更多心力。

政府意識到若要振興國家發展，唯有普遍教育、培養人才，因此視教育爲振興基礎，並不斷增加教育費用，每年的教育經費幾乎都占政府預算支出的五分之一，是目前爲止，全球比例最高的國家之一。

新南非政府不斷加大在教育上的投入，比起私立學校平均一年約兩萬斐鍰的學費，有政府補助的公立中小學僅需一、兩百斐鍰即可就學，貧困學生甚至可以得到補助或是減免學費。政府也大力鼓吹興學，平均四個村莊可以申請設置一所學校，然一切百廢待舉，要蓋的學校何其多，再多的經費仍不足以應付。龍瓦那就是在當時被調派到泰地小學當校長，當時政府能夠給予的，除了幾名老師、校名、土地，就什麼都沒有了。

草地為椅，膝蓋為桌，黑板隨意釘在樹幹上，早期的南非學校大多是在荒野草原中，取材大自然，急就章成立起來的。

當年，泰地小學學區內的村民們有心，大家東湊西湊累積一些錢，自己投工挖出權充門窗的方孔，用泥巴糊出一間沒有屋頂、遇到大雨隨時會垮的土屋，蓋出唯一一間教室。

隨著就學人數愈來愈多，學校向白天出外工作的家長借房子上課。天氣若好一點，天地就是教室，沒有課桌椅、教科書，孩子們拉來自家小板凳，老師念一句，他們複誦一句，這就是課堂。

「我的學校並非偶一個案，幾乎所有鄉下的學校都是如此。」龍瓦那無奈地說。

教育改革開放後僅僅三年，雨後春筍般的中、小學，以天地教室的姿態，進駐各個黑人村莊，數字會說話，全國文盲率從百分之五十下降至百分

（照片／南非慈濟分會提供）

十六年前，鄉村學校沒有足夠教室，師生以草原為課堂，微風與落葉伴讀。

之十六。然而表面上教育政策或許成功，若更深入探討，百廢待舉的教育現況仍崎嶇難行。

泰地小學的天地教室維持了三年的時間，才幸運取得助援。

施鴻祺在一九九〇年從臺灣來南非經商，他不僅在住家與廠房兩地奔走，也走入鄉間，慰訪貧困家庭。

一次訪貧結束時，他注意到空曠的草地上，幾株枝葉不茂密的樹下坐了數十個孩子，往前一看，樹上釘著一塊破板子，老師站在板子前寫字、教孩子們朗讀。

原以爲是天氣太熱，學校興起戶外教學的念頭，施鴻祺靠近問：「你們的教室呢？」孩子們指著遠遠一間泥巴房。施鴻祺震驚之際，附近水塘中突然跳上一批溼漉漉的孩子，朝著天然教室疾奔而來，「因爲天氣太熱，孩子們先去玩水降溫，才能繼續回到樹下專心上課。」別說無法區分年級授課，偶爾，遇到嚴寒或是大雨，學校還得被迫停課。

他所看見的景象是在一九九七年，之後他在偏遠鄉下遇到的每一所學校，都是如此，無一例外。

施鴻祺不忍，於是與慈濟志工們開始籌備援建學校，並回臺灣向證嚴法師報告，「上人秉持對海外慈濟人的教誨，送我們八個字——就地取材，自力更生。」

「雷地史密斯的慈濟志工，十根手指頭都算得出來，我聽到那八個字，都暈了。」施鴻祺笑憶過去，手腳並用並演技十足，笑壞現場所有聆聽這段故事的人。

當笑聲過去，施鴻祺直說還好當年他才四十幾歲，正值壯年，於是他們打起精神，走訪臺商的工廠，一家一家勸募。待經費籌措有成，也「就地取材」，依照當地風俗，用泥土來搭建教室。

還記得那一陣子，每天他們跟著學校師生把泥土、草桿、牛糞拌勻，接著把裝著這些材料的水桶頂在頭上，排成一列、七手八腳地「糊」房子。一間五坪大的土房子，僅需兩、三千斐鍰、大約一週即搭建完成。

慈濟援建的教室，以磚頭為牆、屋瓦為頂，學習環境有了一百八十度大改變。

看著師生在房子裏上課，應該是充滿成就感的，但是施鴻祺一行人卻是緊張、愧疚多於興奮。果然，不久後的一場大雨，房子垮了。

這段往事，我是在晚餐桌上，聽雷地史密斯的志工，你一言我一語拼湊而成，分享過程中他們爲自己的沒經驗、沒遠見而笑聲不斷。回憶過往雖可一笑置之，當年那刻對他們來說，卻是難以言喻的沈痛。

根據他們所說，當晚有人翻來覆去睡不著，有人跪地遙向臺灣的證嚴法師懺悔。

暴雨一下子就過去，天氣恢復南非慣有的晴朗，志工們痛定思痛，決定搭磚鋪瓦，蓋一座數十年不壞的教育建築。

但是那幾年，南非政府積極要解決許多社會問題，其中蓋學校、爲貧戶建屋是首要政策，磚頭一塊難求，志工們奔走各個磚場，苦口婆心地彎腰請求，終於皇天不負苦心人，有些磚場的老闆知道要用來蓋學校，還給了很棒的折扣。

當遠在臺灣的證嚴法師看到他們蓋好的校舍照片，笑著說：「就憑幾塊磚頭和幾片鐵皮搭一搭，就是學校了？」施鴻祺誠懇地回應：「在這個大多以泥土搭房的地方，磚房不僅是南非鄉間最好的建築，且還一戶難求呢！」

學校蓋好後，泰地小學的就學率很快就提高到百分之九十，這鼓舞著志工們繼續尋覓需要援助的學校。

後來，我來到另一所學校，整齊畫一的二十來間教室，顯示著它如今不凡的規模，「這裏有二十一間教室都是志工幫忙蓋的。」校長傑布藍尼·布查樂吉（jabulani buthelezi）指著牆面褪爲鵝黃色的教室，語畢再指向另一端看來尚留著原漆色彩的兩幢建築，「那兩間是政府在二〇〇七年蓋的。」

屋谷沙凱小學創校於一九九六年，當時他們詢問主管機關：「現在申請興建教室，何時才能輪到我們？」政府批文，須等到二〇〇七年。

傑布藍尼坦言，當時唯一的心情只剩絕望，「但慈濟猶如一場及時雨，週一跟他們見面，週四他們就帶來材料和工人。」

「二〇〇七年，政府確實實現承諾，幫我們蓋了當初申請的兩間教室。」傑布藍尼坐在辦公桌後方，辦公室空間雖然不大，但這間十幾年前慈濟志工蓋的校舍仍相當堅穩，「很難想像，如果沒有慈濟幫忙，這十幾年學生該怎麼學習？」

雷地史密斯的慈濟志工不到十名，卻在短短幾年間，為七所學校搭建八十幾間磚房教室，為南非剛起頭的百年教育築起一座座穩固的堡壘。

志工方龍生移居南非多年，身邊有許多黑人朋友，這幾位在種族隔離時代受教育的朋友，連自己的名字都不會寫，每遇到需要簽名的場合，就在簽名欄上打上一個「X」，代替落款。

過往歷史讓黑人一無所有，錯失的教育帶來的更是一輩子的缺憾，種族隔離政策瓦解至今，所遺留下來的副作用仍強力地在經濟、社會等多方面，牽動著這個悲傷的國度。沒有技能、沒有學識，依然只能是低層的勞工階級，平均一個月一千斐鍰的工資，要怎麼餵養家人？要如何脫貧致富？

世界上也不是沒有既窮又沒學識的人登上富貴高塔。已過世的臺灣著名企業家王永慶，出身窮苦的茶農之家，且僅有小學學歷，靠著幸運的機會與過人的經營之道，讓一手成立的臺塑集團從石化擴及電子、醫療等產業，被

如今，孩子們只有下課到教室外遊樂時，才必須忍受毒辣的陽光。

譽爲臺灣經濟奇蹟的象徵，二〇〇四年還被美國知名商業雜誌《富比士》評爲臺灣第一富豪。

香港首富李嘉誠，出身於教師家庭，一九四〇年代日本侵華期間，逃難至香港，初中沒有畢業。二〇一三年三月《富比士》雜誌公布全球富豪排名，綽號「李超人」的他排名第八！

一九九五至二〇〇七年，連續十三年蟬聯世界首富的微軟公司董事長比爾．蓋茲，大學也沒有念畢業。

很小的時候我曾問你，「爲什麼要念書？王永慶也只念到國小而已，他就可以做老闆賺大錢。」你寵溺地回答我：「不是每個人都是王永慶呀！」可不是，世界上有幾個王永慶、李嘉誠與比爾．蓋茲？

高中時，我因爲複雜的三角函數，面臨數學補考的命運，也曾在餐桌上泣訴：「以後出社會又用不到三角函數，爲什麼一定要念？」來到南非我才感嘆，即使是像三角函數那麼費人心神的課題，能夠因爲它們而安坐在學校學習，是多麼幸運的一件事。

我不認爲，三角函數是讓我能在社會上找得一份養活自己工作的關鍵，但若反過來說，正是因爲這份學歷，才得以在求職過程中少受一些挫折。

龍瓦那與傑布藍尼兩位校長所描述的過去很難想像，今日我所看到的南非，在經過將近二十年的努力，已經與描述的截然不同，即便再偏遠的鄉村學校也都不會淪落到天地教室的窘境，頂多只是沒有門板與窗戶而已，課桌椅、教科書以及老師，無一不備。

即使還未達到像臺灣這樣的教育幸福指數，如此的教育現狀，兩位校長已經很滿足，而端坐在教室內的孩子們也是，從那中氣十足的朗朗讀書聲中，我聽見了飽滿的幸福。

珍惜，是貧苦教給孩子們最寶貴的一堂課。

第九封信

鞋廠裏的課輔班

from: Ladysmith
R.S.A

親愛的：

家裏的相冊有張我穿著全白小禮服，配著白色蕾絲絲襪與小白鞋，兩束小馬尾上結著你跟我都喜愛至極，只有節慶或是回外婆家時才捨得拿出來別的紅色髮夾。口塗唇彩的我當時還沒上小學，照片將那雙未經工作而細嫩的雙手定格在琴鍵上，也攝出臉上的緊張神色。

那是某一年聖誕節，在橋頭那座教堂裏的演出。

這場演出沒有失誤，卻有個缺憾。明明鋼琴老師要我彈奏兩曲，但我卻在第一首結束時，趕緊拎著裙襬下臺一鞠躬。

那位鋼琴老師你還記得嗎？我第一次上補習班的老師，就是她。

你是來自市區的姑娘，娘家有兩架鋼琴，我從來沒問過你會不會彈，也沒見你彈過，但是你認爲，女孩子如果能從小學鋼琴，是一件好事。

於是，在我念幼稚園時，你知道村裏有個年輕女孩會彈琴，就將我送到她那兒去，印象中是一週兩次吧，地點是在女老師的家中。每次上課前，她會拿出指甲剪細心地爲我修指甲，再擺動節奏器，課程在滴答聲中開始。

這是我第一次補習，壽命很短，才一年就被鄉下奶奶以經濟不允許而迫使中斷，你帶著我去向老師道謝並說再見。歸途中，你的心裏埋著難以言表的遺憾，但我卻鬆了一口氣。

第二次補習是在學乘、除法時，上課的地點位於村中寺廟一角，課堂上只是不斷地寫練習題、上臺解答。這次的補習壽命更短，有半年嗎？因爲我告訴你，乘、除法對我來說不是難題。

再來是升國中的英文補習，還有高中時期的數學補習，這兩科的補習時間就比較長，一直到我離開臺南到外地上大學爲止。

補習對臺灣孩子來說，幾乎是成長中的必經之路，就連我們這種鄉下小孩，即使經濟不豐也絕對必要；都市孩子花在補習上的時間更多，跟我同年齡、在市區成長的表妹，除了作文、英文與數學以外，還得補習繪畫、長笛與鋼琴。

臺灣家長付出的補習費用，加總起來比繳給學校的還要多，只祈求孩子別輸在起跑點上。

現在我已經出社會工作才敢坦白告訴你，其實學科補習對我來說一點用處也沒有。倒不是老師教得不好，而是當時我根本沒有把心思放在學科上；在補習班那些夜裏，大多數學生不是在傳紙條，就是在放空。

臺灣的教師大多數來自專門訓練老師的師範學院，再加上市場供過於求，能在學校任職的老師並不差。智商與思考邏輯只是一小部分因素，成績好壞還是取決於學生的學習意願高不高，而非環境資源不足，否則住在教堂旁那個來自隔代教養，上本地國中，從來沒補過習的阿國，是怎麼考上國立大學的？

對大部分的臺灣小孩來說，補習是件極為痛苦的事，可是在南非卻正好相反。

自種族隔離制度消除以來，南非在各個面向極力推動與消除不平等差距。二〇一〇年，南非的經濟異軍突起，成功地擠進金磚國家之列，與被稱為「金磚四國」的中國、印度、巴西、俄羅斯並駕齊驅。

但是幾乎同時，南非斯泰倫布希大學公布的研究結果顯示，民眾的低識字率造成國家每年約五千五百萬斐鍰的經濟損失。這讓政府意識到教育的迫切性，若沒有辦法提升大多數黑人的教育水準，就無法實現國家的繁榮與經濟發展。

近年來在政府的努力下，愈來愈多兒童進入學校學習，但是低品質的學習卻成爲導致兒童輟學的新隱憂。

世界經濟論壇《二〇一〇至二〇一一年全球競爭力報告》指出，在一百三十九個國家中，南非數學和自然科學方面的教育品質排名第一百三十七，小學教育品質排名第一百二十五。許多學生上到六年級，仍然不能掌握最基本的語言和計算能力。

南非教育部長娜萊迪．潘多（Naledi Pandor）也表示，在對公立學校六年級教育質量評估中發現，至少有五分之三的學生，閱讀能力沒有達到應有的標準，而五分之四的學生，數學成績達不到總分的一半，對比國際水平，程度遠遠落後三年。

「爲什麼？不是在鄉村成立許多新學校，也補助交通與學費了嗎？」我認爲，能回答這個問題的，非長期關注教育面向的雷地史密斯志工莫屬。

「根本原因是師資不完備。」施鴻祺告訴我，他看到一則新聞說：「截至二〇一〇年，南非的中、小學師資，超過一半未考取教師執照。」

在臺灣，我們早已習慣媒體對數字的誇大，難不成南非也是如此嗎？關注南非教育多年，施鴻祺對此並不感到意外，且認爲媒體報導可信度相當高，「我工廠就有工人跑去當老師，另一位志工的工廠也有工人如此，他們教育程度不高，也沒有合格教師執照。」

南非公正調節協會曾指出，全國有近百分之八十的公立高中不合格，而大部分不合格的學校，都位於經濟劣勢地區，教育質量的低落，讓許多貧困黑人學生無法獲得正確的教育和技能。缺乏合格教師，學校基礎設施差，導致偏遠地區的孩子即使上學，教育程度仍是在水準之下。

這種情況下，臺灣家長會怎麼做？你會怎麼做？二話不說，掏錢出來給孩子去補習，對吧？但是這些偏遠地區的孩子連學費都得要政府補助，遑論補習？可是你相信嗎？我在這裏找到一間補習班呢！

下午四點，我們來到雷地史密斯工業區一處製鞋廠房，那是非用餐時間，員工餐廳卻熱絡著。何堂興在員工餐廳釘起一塊黑板，自己拿起粉筆、課本，當起課後輔導的數學老師，底下的學生全是屋谷沙凱小學七年級生。

四題簡單的乘除題目列在黑板上，上臺解題的學生應以九九乘法計算，卻偷偷扳指一加一地數著，十分鐘過去，四道題目都還未見正確解答。我坐在一旁替學生著急，眼見他們再差一步就要獲得解答，卻又拿起板擦，把即將獲解的算式抹得一乾二淨。

「這種題目，臺灣國小三、四年級的學生都能輕鬆作答，他們已經是臺灣國中一年級的學級，卻還是不會。」比起我的焦慮，何堂興顯得鎮定，平心靜氣地走到我身旁坐下，「很驚訝嗎？那我再告訴你，他們已經是很優秀的學生了！」屋谷沙凱小學是慈濟援建教室的七所學校中，學生競爭力最高的學校。

結果，一個多小時的數學課，就在四道簡單的除法算數中度過，即使何堂興講得淺白，學生仍是半知半解。

課後，與何堂興在工廠的一角坐下來，聽著製鞋場轟隆隆的運作聲，皮革的味道盈滿鼻腔，我很好奇地問他，這個課輔班的由來。

南非的中、小學每天早上八點上學，下午兩點放學。眼見孩子們個個能歌善舞，喜愛音律也頗有研究的何堂興，十年前索性買下一批樂器，邀約援建學校的學生，到他的工廠參加課外活動。教孩子們敲打演奏，倒也不是要他們組隊去比賽，單純只是想讓他們的課後生活更豐富而已。

一天，何堂興瞥見學生放在書包的數學課本，曾是數學補教老師的他饒富興趣地翻看，並隨意抽問幾個題目，結果全都面露茫然。問他們：「這章節學校教過了嗎？」眾人點頭，但再細問如何解題，全都搖頭說不會。

何堂興意識到，與其讓學生享受敲敲打打的快樂，不如提升他們的教育競爭力，笑容才會在未來擴大綻放。當然，這個課輔班屬於義務性質，完全免費的。

眼見今日課程中學生的表現，我問何堂興是否曾有過氣餒？他笑著說：「不會。如果他們今天學會一題，就代表他們比別人多會一題，即使只是一

何堂興在員工餐廳掛了一塊黑板，為孩子們上數學課。整整一個小時，孩子們還沒解出四道除法題，看得我著急地想衝上去幫忙哩！

個小小的題目，對孩子們的未來都是加分。」

課後輔導結束，何堂興並沒有讓學生立刻回家，反而留他們下來用餐。一鍋晶透的白米飯以及香味四溢的咖哩，讓孩子們一盤接一盤地吃。

白米飯，對我們來說是天經地義的正餐，對南非普遍窮困的人們來說，卻顯得奢侈。

南非的主食是玉米粉。在這裏，農人於九月種下玉米，隔年三、四月熟成後不採收，繼續留到五、六月才收成，這時的玉米穗相當乾枯，玉米粒經過剝粒、風乾，就能拿去磨成粉。

人們將玉米粉放入鍋爐裏，倒下適量的水，不時地攪拌，直到粉末吸水膨脹成泥，即告完成；配上一點青菜泥，捏成型地一口接一口送入嘴巴，這樣一頓簡單的餐點是他們每天的飲食。

我來到南非的這段日子，也曾興致勃勃地想嘗鮮。

數學題尚未解開，何堂興也不強迫學生，時間一到即宣布下課。孩子們開心地到後方盛裝晚餐，笑容滿溢地一碗接一碗享用。

我們村子裏常有人載來滿車剛採收的新鮮玉米，小販透過寺廟的擴音器對全村廣播：「玉米，現採的玉米，載來廟埕前販賣。」

你聽了之後，會馬上放下手邊的工作，拾起一把零錢或幾張鈔票，跑到廟口前挑一大袋回家，滾鍋水，大器地撒入鹽巴，不多久就有香甜可口的玉米可以吃了。我常等不及散熱，總是邊跳腳邊喊燙，玉米殼在左右手交替中摘下，急著品嘗。

甜玉米、白玉米、紫米的，我都愛吃。玉米粉做的食物理所當然也好吃吧？志工們被我煩得受不了，才帶我去吃，日後我就絕口不提了。

玉米粉吃起來的口感與馬鈴薯泥頗爲相似，一反玉米穗香甜好吃，幾乎沒有任何的味道，這對身處美食國家的臺灣人味覺而言，實在是一道簡單得近乎窮途末路的餐點，但這卻是南非人極爲重要的主食。

爲何以玉米粉爲主食呢？他們這樣告訴我，「玉米粉吸水可以膨脹很多倍，才能吃得飽。」

眼前孩子們吃著白米，表情很幸福，幾張小嘴旁一沾上米粒，馬上就被小手捏起再送入嘴中。我心想，這課後輔導最大的誘因或許不是來自於學識，而是這一頓飯菜香吧！

何堂興笑呵呵地告訴我，孩子們吃過這一餐，晚上回去就不用再吃了，家人也可以省下一口飯。

「在臺灣，你認爲一天三餐很正常，對不對？」何堂興的問句，我毫不遲疑地點頭，他又說：「但是在南非的鄉下，這樣的窮鄉僻壤，一天只有兩餐，有些家庭一天能夠有一餐都是上天垂憐。」

何堂興有這一番體悟，來自於援建教室之後，三、五天就會走訪各校，關心學生就學狀況，「當時學生進校門最標準的配備，就是光著的腳丫、不成套的制服，隨手拎著一個透明塑膠袋，裏頭裝幾本筆記本和短得不能再短的鉛筆。」

志工見狀，又開始奔走募款，替這群孩子量訂制服、皮鞋，並購買書包與文具。

政府教育經費嚴重不足的情勢下，即便校舍完全，仍有各種經濟弱勢所產生的問題，導致學生無力或無法專心就學，制服、書包等身外之物還是其次，體力補給的飲食更是爲難。

何堂興時常到慈濟援建的學校探望，校長、老師熱情地邀他共舞，表示歡迎來訪。

他曾在中午時刻拜訪學校，明明下午兩點才放學，卻見校門大開，孩子急匆匆地趕著要回家，詢問師長後才明白，原來學校等不到教育部的營養午餐經費，只好讓學生返家用餐再來繼續學習。

「當時我跟在一個孩子身後，想看看他們家的狀況。結果，他回家後只是窩在角落，等時間一到，又空著肚子返回學校。」何堂興說得眼眶都紅了，眼角掛著揩不乾的眼淚。

一日三餐，或許對大部分的人來說是必要的，但是在那個年代的南非偏遠鄉村，一日的基本伙食僅只一餐，這一餐通常都是在下午，晚上就早點睡，免得捱餓難熬。早上空著肚子上學的學童，往往到了中午就因爲飢腸轆轆而無法專心上課。

於是，志工們又發起營養午餐供應的計畫。每天清晨四點半，何堂興與太太會開著車前往麵包廠，購買剛出爐的第一批土司。要供應七所學校兩千多位學生，得裝滿一車約五百條的土司才夠；當政府營養午餐補助下來後，志工的愛心仍不間斷，送去雞蛋爲成長中的孩子補足營養。

我們跟著何堂興來到馬克洪雅納小學，遇見資深老師琳達．瑪蔻恩娜（Lindi Mokoena）。她說，如今營養午餐的補助已經愈來愈完善，除了正餐，還有足夠的經費可以煮湯，慈濟的助養終能暫告一段落，「事隔好幾年，我仍念念不忘當年志工的馳援。」

「我有幾個學生是孤兒，親戚自顧不暇，也無法供糧給他們，常常是好心的鄰居看不過去，從自己的碗裏分幾口給他們。」同樣出生在鄉村的琳達說：「鄉下最普遍的，除了草原，就是貧窮。」

「志工給得很充裕，我們還能將剩下的麵包與雞蛋，分送給窮困家庭的學生，助養活動不僅幫忙學生解決午餐的窘境，同時也間接幫助到貧困家庭。」琳達說。

教育這等事，不是有教室、有師資就得以成立，志工投身教育援助後，發現更多的困難，他們也更積極地爲孩子們募款，期待能滿足各項需求，因爲即使是一口飯，也能帶來無可取代的安心就學。

在雷地史密斯的所見所聞，不禁讓我想起高中數學補習班的那位老師。補習的時間是晚上七點，大多數學生都已經在家裏用過餐，或是在路邊小攤買些熱食溫飽肚皮，可是老師仍會在教室入口放著一大袋的麵包以及泡麵，旁邊還貼心備有各式各樣沖泡的飲品與熱開水。

有著一顆極具分量的肚腩，帶著厚鏡片的老師，總會在上課前先問大家：「都有吃麵包或泡麵了嗎？沒吃的舉手。」若有學生舉手，他就會進一步確認學生是否有吃晚餐才來，休息時間，不忘囑咐大家要泡杯牛奶或麥片來補充體力。

在我成長的過程中，除了鋼琴課中斷之外，從來不認爲補習是一件很幸運的事，聽到表妹說自己的補習項目那麼多時，還同情地對她說：「你好可憐喔！」我也不會因爲餓肚子而沒體力念書，有時面臨大考熬夜，你還會爲我泡杯牛奶送進房裏來，而這只會讓我因爲肚皮太撐而眼皮沈重。

如果我小學時就來到南非，看見、聽見這一切，會不會因此更珍惜補習時光？或許今日就可以跟阿國一樣，頂個國立大學的光環了。

老師說，這幾年來南非政府經濟持平，對學校的營養午餐補助也愈來愈完善。（上頁圖）

第十封信

一本書一扇窗

from: Ladysmith
R.S.A

親愛的：

臺南縣北門鄉，一個不起眼的小漁村，那裏是我出生、成長的地方，也是你二十多歲嫁做人婦之後的生活所在。

二〇一〇年底，臺灣實行縣市改制直轄市，俗稱五都改制或縣市合併，是戰後以來首次大規模的行政區域調整，我們那裏因此更名爲臺南市北門區。臺南市，每回寫地址時都覺得心裏有疙瘩，那麼一個偏遠的小村落，何能攀上「市」的頭銜？

長大離家後，時常有人問我：「你住在臺南的哪裏？」回答北門之後，就會出現兩個反應，一是熱情地回應：「是臺南市區靠近火車站的北門嗎？那裏很熱鬧！」這個答案錯得離譜，但另一個反應也教人傷心，多數人總在聽到北門時疑惑地偏頭皺眉，說：「那是哪裏？」

北門鄉——我還是習慣如此稱呼——位於臺南西北端的沿海區，以行政區來說，比較靠近嘉義，從小你就跟我說，如果要看北門的氣象，別看臺南，而是要看嘉義才準確。

小時候看氣象報導時，心中的老大心態讓我瞧不起金門、馬祖以及澎湖和綠島這些臺灣以外的小島。

小學三年級那年耶誕節，我和同學到永隆溝南岸的教堂參加晚會，這棟白色的教堂是基督長老教會芥菜種會的臺南中會，早在一九五九年就在村子裏了，但村內道教者衆，教會信徒並不多，假日也少有人去禮拜，只有耶誕節時最熱鬧，孩子們會在那天結伴而去，滿載糖果與禮物回家。

離開時，我認眞地看了門口的牌子，寫著「北門嶼基督教會」。回家後我跟你說：「那個牌子寫錯了，我們是北門鄉，不是北門嶼。」

「以前北門是一個島嶼沒錯。」你的語氣是那麼的自然，而我的心中卻興起一響破碎。原來自己也是偏遠小島的子民啊！

北門原本是臺江內海急水溪口外的沙洲島，舊地圖上將它畫得像一條小蛆放在西南沿海一角，然而這個小島嶼在當時很風光，是過去臺江內海各港口往來的航運必經孔道，北門的地名即是「由南往北之門戶」而來。

小島嶼送往迎來，是內陸木材與食鹽的集散地，極爲繁榮，直到一八四五年，一個超級颱風帶來大量泥沙，流域變爲平地，海域路線淤淺不適合航行，再加上內陸運輸逐漸取代海運，北門風光不再。

原本熱鬧的大庄變成窮鄉僻壤，人們以近海捕魚和曬鹽爲生，這都是辛苦的工作，一個是稍有不慎就會葬身海底，另一個則是比爲農還要困頓的生計。年輕人大多離開家鄉謀取工作，我在長大之後即使百般不願，仍不得不屈服而離鄉背井。

北門這樣一個地方，偶爾也能得到政府送來的「大禮」。

在我十歲生日後不久，橋頭那裏的圖書館落成使用，這座建坪僅兩百六十四坪的圖書館空間不大，藏書量比我日後就讀的高中還來得少，可是對這樣一個窮鄉而言，在當時可造成一股不小的轟動。

我三天兩頭就往圖書館跑，記得從書架上取下的第一本書，是曹雪芹所著的《紅樓夢》。《紅樓夢》堪稱中國古典章回小說顛峰之作，是中國四大名著之一，然而整整八十章回，十歲的我連一個章回都讀不完，頭一次在閱讀上感受到挫敗。

時隔五年，我才又再度踏入那間書庫，多數時間都埋首於一樓的兒童室與童書作伴。

艾其頓小學的志工媽媽，用塑膠封套仔細地包裝一本本飄洋過海來的書本。

這座小圖書館蘊藏著我的童年，也讓愛看書的我有更多的閱讀機會，畢竟在那個小鄉下，能借書的地方只有國小圖書館，藏書量不多。

我們家也少有閒錢可以買書，來來去去總是那幾本被翻爛並用膠帶封實書背的童書，小學六年的時光裏，我只有一本新書，那是三年級時選上模範生的獎品，一本字典。

前兩年，我把那本字典帶上來臺北，怕沾染髒污而捨不得拆的塑膠封套已經泛黃並碎裂，內頁也印上點點黃斑，書背因長年翻閱而鬆脫，上頭有你細心幫我貼上的膠帶。

我在那塞滿各類書籍的書櫃裏，挪出一個小空間放入那本字典，時時刻刻提醒自己是來自一個事事樣樣都得之不易的地方，曾經是一個擁有一本書就覺得自己是個多麼幸運的女孩。這是北門教會我的——知足的道理。

雷地史密斯，一個距離臺灣甚遠的地方，無須那本字典，我便又看到當年那個容易知足的小女孩。

在法門小學，圖書館管理員莎瑞娜・塔可登（Shereena Takoordeew）喜孜孜地帶我去校內的圖書館，並滿足地告訴我這個圖書館是二〇一一年元月才開張的。

我們穿過幾條走廊，很快就在校園一隅，找到圖書館入口。門一打開，訝異塡滿心頭，僅五坪大的小空間就足以稱爲圖書館？「這裏有六千多本書呢！」莎瑞娜興奮之情，更添我內心的愕然。

在臺灣，就連北門這樣一個快被世人所遺忘的小漁村，都能擁有一座勉強像樣的圖書館，可是在南非，連教育場所的書籍都少得不像話。

莎瑞娜拿出一紙二〇〇四年政府教育部門頒發的規章，說：「上面清楚寫著，全國擁有兩百個學生以上的學校，政府一年應補助五萬斐鍰的書籍或是圖書資金。」

但是教育補助項目太多，對象不斷增加，光是建校目標都難以確實達成，何況是豐富校內藏書。九年來，政府送給法門小學的書可謂杯水車薪，少到連圖書室都無法成立。

莎瑞娜每一學期都要到城裏的圖書館，爲每個年級借足五十本書。南非中、小學一年分三至四個學期，等於莎瑞娜每三、四個月就要跑城裏一趟，辛苦奔波不說，一學年一個班級才只有五十本，對孩子們的幫助也很有限。

「隨著通貨不斷膨脹，南非圖書的昂貴有目共睹。」跟我一起前來拜訪法門小學，也熱愛閱讀的慈濟志工方龍生感受最深，直揮手說：「連我都買不起！」

從高中起，方龍生手邊的閒錢大多花在購買圖書，來到南非之後，他的書錢只夠買三折價的書。

隨著一年過一年，現在他連一本書也不敢買了，「前些時候去美國，看到出清書一本才一塊美金，我搬了十幾本，兒子見我這樣太辛苦，買了一臺電子書給我，想看書從網路下載就好。」

爲何方龍生不敢買書？「貴啊！一本普通的文學書籍，臺灣只要兩、三百塊新臺幣，在南非則是四倍價錢！」

即使是私立學校，也買不起課外書籍。雷地史密斯學費最昂貴的私立學校，圖書館裏超過三分之二的書架都是空的，遑論偏遠貧困的學校，就如同法門小學，連擁有一間圖書室都是奢望。

一本書有多麼重要？方龍生給予極肯定的答案。「對於先進國家的孩子來說，電腦和網路普及後，紙本書籍不再那麼重要，但對於資源缺乏的南非孩子而言，他們對世界的認知與資訊，還是得從書本窺探而知。」

他曾經翻開一本圖文書，指著上面的動物問當地的孩子：「這是什麼？」所有的孩子全都茫然搖頭，「那是一頭熊，他們卻不知道，因為南非沒有熊。」

「一本書就像是一扇窗、一道門，可以打開孩子的視野，甚至改變他的人生。」方龍生曾經送一本書給一個助學個案，當時她因為家貧而要放棄學業，那本書的主角遭逢類似困境，卻因為不放棄學業，而成為一名工程師。女孩受到這本書的鼓勵，如今將完成學業，離夢想愈來愈近。

薩波．馬吉斯（Thabile Majoz）同樣也是一位來自於鄉下的女孩，靠著苦學以及志工的資助，才能完成上大學的夢想，「但是第一學期，我差一點就被打敗。南非的教授教學很少告訴你細節，學生得靠靈活運用以及資料蒐集，才能完成老師交派的作業。」

一開始，薩波根本就不知道該如何找資料，「同學笑我笨，老師質疑我的報告爲何不能準時交，還如此簡單草率。」

「我是聽同學說，才知道可以上圖書館找資料。」這是她第一次聽到「圖書館」這個名詞。第一次踏入圖書館，她彷彿劉姥姥逛大觀園，開了眼界。圖書館的豐富藏書，讓她在沒有電腦的狀況下，順利畢業。

「學生可以從圖書館，找到老師沒有教的知識。現在我身爲老師，圖書館也同等重要，可以幫助我找到更多相關知識傳授給學生。」語畢，她相當無奈，「但是鄉下孩子卻沒有這樣的資源，鄉下升學率低，不是因爲學生笨，是學校硬體不如人、師資不如人，連輔助的工具都不如人，難怪競爭力會那麼低。」

方龍生愈是深入了解南非教育的困境，就愈感無力。

南非通貨不斷膨脹，物價翻倍，以前一瓶兩公升的牛奶才八斐鍰，不過十五年光景，如今卻要價十九斐鍰，這是國民平均所得遠遠跟不上的速度；助援對象愈來愈多，也是成長中的南非慈濟志工人數所無法比擬的。

方龍生有一回到臺灣，靜思精舍師父問他要不要把握機會，報名最近一次的國際賑災工作？他笑著回絕說：「我在南非每一天都在做國際賑災。」

當其他國家的志工問他需要什麼援助？方龍生都會撐起臉皮說：「什麼都需要！」講這段話時的他，神情苦澀。

考量南非以英文爲主要語言，臺灣的中文書並不適合，花蓮慈濟總會將南非缺書的訊息傳給美國慈濟志工。

美國東西兩岸志工立即總動員，走入校園募集二手書，連同篩選、分類以及包裝，自二〇〇四年開始至今，逾十萬本英文書籍，已隨著海運貨櫃陸續抵達南非。

光是一個貨櫃，就有二十噸重的藏書。書來了，志工們很高興，但是光想到要下貨櫃，就不禁頭皮發麻。「校長們二話不說，不僅提供場地放貨櫃，甚至還在課間安排學生幫忙。」方龍生笑得陽光燦爛，「雖然很重，但孩子們一邊吃力搬著一邊笑，甚至還唱著歌！」

二十噸的書籍，在四個小時內全搬下貨櫃，由老師協助完成分類，沒讓開著貨車前來領書的其他學校多等，大夥笑呵呵地領著書，沿途或許都在想，新圖書館該如何布置才好。

大批二手書像珍寶般被安置在雷地史密斯各校園裏，法門小學五坪大的圖書館，就放置了六千本，成爲校園裏最熱絡的一角。

「學生每兩個星期能來借一本書，現在約有五百本書在學生手中。」莎瑞娜笑說，全校學生也不過五百多個，算下來，幾乎是人手一本，「看完書後，他們必須交讀書心得報告，即使如此，借閱依然非常踴躍。」

讓莎瑞娜開心的還不僅如此，「有圖書館後，我們可以舉辦讀書比賽，或讓學生以書中的故事爲劇本，表演話劇，甚至有資格參與全國性的圖書館競賽。」

豐富課堂活動、參與校外競賽，這一切都比不上提升學生知識，來得令

（攝影／劉愛麗）

翻開從圖書館借來的課外讀物，孩子笑得很開心，即使看完還得寫讀書報告呢！

人雀躍。

「二〇一一年三月日本發生大地震，很多學生來圖書館尋找日本相關書籍，了解那是一個怎麼樣的國家？在哪裏？」莎瑞娜表示，即使是與書本互動，學生得以與國際接軌，並爲遠方的受難者盡一分心，「以往孩子對國際災難總是漠不關心，這一次日本地震，慷慨捐款的孩子變多了。」

志工贈書義舉，不僅教育部長親自前來道謝，受助學校也對志工這樣說：「以後這裏就是你們的學校！」圖書對學校的莫大幫助，可見一斑。

一套套大英百科全書，在美國或許隨著孩子成長而置之書櫃，囤積灰塵，但是來到南非各校，卻被仔細地封膜包裝。

走訪許多校園圖書室，常見志工媽媽們手拿著一把剪刀、就著膠臺，細細黏貼著每一本書，即便只是小開本、不過二十頁的圖畫書，也有著相同的禮遇。

這些書重新找到歸位處，並投入誠摯歡迎他們的小主人懷中，如方龍生所說：「與外表、出版年代無關，只要沒看過的書就是新書。」

從南非回臺灣之後，我常常站在書櫃前想著雷地史密斯。

這只白色的大書櫃，是搬進新家時朋友送的禮物，我特地要求一定要裝設透明玻璃門，對我來說，書本是極其珍貴的。

北門的家還留有各個階段的教科書，你常叨念著：「又不會再讀了，找個時間處理掉吧！」幾年過去，我動也不動。

臺北這個家的白色書櫃也放滿書，漂亮的書架因沈重而呈現倒彩虹般的弧度，朋友來家裏看到，也常念著：「你的書太多了，把一些不看的拿去回收啦！」我總是噘起嘴，說：「不要，我捨不得。」

前一陣子朋友傳來一則訊息，說山區部落資源短缺，學童甚少有課外讀物可以看，於是發起募書活動，送愛到山區。

親愛的，這回我不會再把你的話當耳邊風，我要開始整理書櫃，將這些書送到他們新的小主人那邊去。

第十一封信

現代武訓

from: Ladysmith
R.S.A

親愛的：

開始上學後，老師鼓勵我們一週閱讀一本書，並且指定由偉人傳記開始讀起，這也是我愛上看偉人傳記的起始。圖書館最熱門的偉人傳記前三名依序是國父孫中山先生、先總統蔣公，還有美國發明家湯瑪斯·愛迪生，還得登記排隊。

我們那個年代的孩子，從小就將國父十次革命成功、總統蔣公撤退來臺以及愛迪生發明電燈的事蹟，穿插寫在作文以及日記裏。

對比這些早已過世的偉人，當時仍然健在且最讓人津津樂道的，非王永慶莫屬。不僅因爲他的事業經營有成，還有他對公益、對教育的不遺餘力，例如捐贈多座圖書館、創辦三所大學，清寒原住民學生免學雜費、免膳宿費，還可以領零用金，畢業後甚至有就業輔導的機會。

成全這一切的動力，源於他幼年貧苦而無法繼續求學的遺憾。一九七五年初，王永慶在接受美國聖若望大學授予榮譽博士學位的典禮上，心有所感地說：「我幼時無力進學，長大必須做工謀生，也沒有機會接受正式教育，像我這樣一個身無專長的人，永遠感覺只有刻苦耐勞才能補齊不足。」

一九一七年出生的王永慶，倘若能晚出生個幾十年，或許命運就會大大不同。

日治時期，一九四三年臺灣開始實施六年強制義務教育，然而根據翌年統計，小學一年級入學率僅達七成一二，多數學生中途輟學，實際完成六年義務教育者不到五成。輟學原因，多來自於貧窮，比較起來，能讀到小學畢業的王永慶，還比一半以上的小學生幸運。

一九四五年國民政府接收臺灣，有感社會經濟狀況，於一九四七年公布施行的《中華民國憲法》第一百六十條規定，六至十二歲學齡兒童，一律接受基本教育，不僅免納學費，低收入戶者還可以得到政府提供的教科書。義務教育對臺灣貧苦家庭而言，等同於政府作爲後盾，無憂就學。

王永慶終究不夠幸運，政府在他五十一歲正值飛黃騰達之際，才將義務教育從六年延長爲九年，而且自九年國民義務教育確認頒布的八年後，加碼普及實施「助學貸款」方案，補助高級中等學校以上，包含高中、高職、專科、大學、研究所甚至進修補習班學生解決學費問題，助學貸款不僅放貸全額的學雜費，包含實習費、書籍、住宿，或者是平安保險費以及私立學校的退輔基金等費用，都得以請款借貸。

一九九九年助學貸款更名爲就學貸款，助援條件不變，甚至還大幅調降貸款利率。

農曆年長假返鄉時，我跟大學同學相約見面聚餐。席間大家聊到儲蓄，和我同寢室兩年的莉兒說，她還在償還就學貸款，每個月扣除生活費、貸款，能存的錢並不多。但她仍感謝這項優惠政策，「如果當年不能貸款，一個學期將近六萬元的學費與住宿費，眞不知道我爸媽要怎麼繳得出來。」

大學時期，班上將近有一半以上的人辦理就學貸款，門檻不高也不需要抵押品，且學期間至畢業滿一年之前，貸款利息皆由政府負擔，讓臺灣許多家庭著實鬆了一口氣。

同樣實施九年國民義務教育的南非，可就沒有臺灣那麼幸福。

新政府當家執政的第三年，頒布《南非學校法》，開始實施九年制義務教育，規定七至十五歲學童必須進入學校學習，但是公立學校可以收取學費，一般而言費用都不高，對於許多貧困家庭而言仍是一道障礙。

爲了解決經濟窘境，南非政府從二〇〇六年實施「免費學校計畫」，逐年提供免費教育的學校數量，短短四年，就達成百分之六十的完成率，近八百萬學生、兩萬所學校受惠，並同步在全國施行「學生交通計畫」，補助偏遠鄉村路遙所帶來的交通支出負擔。

但是問題來了，九年教育完成後，貧困家庭的孩子仍舊無法繼續升學，爭取更大的社會競爭力，不若臺灣還有助學貸款得以圓夢，大部分孩子只能中斷學業。

南非教育部長娜萊迪指出，有百分之五十的學生在高中會考前輟學，即使考上了大學，也有百分之七十至八十的貧童不得不中斷大學教育。不上不下的學歷，仍舊無法替他們開創更好的工作機會。

對此狀況，慈濟志工也注意到了，他們開始從援建教室的七所學校中，挑選優秀的學生，資助他們到城裏師資比較齊全的高中就學。

施鴻祺笑談註冊當天，當他領著三十二位孩子到學校，當場支付一年的學費時，校方那瞠目結舌的表情令人難忘。「後來，學校知道我們跟孩子一點關係也沒有，直覺我們瘋了。」

「我們深知自己沒有瘋。」溫和的施鴻祺，臉上難得露出得意，「有更好的環境給他們，這群孩子不再是不可期待，我們相信未來會看見成果。」

除了補助優秀學生上比較好的高中以利衝刺大學，他們也資助考上大學卻無力負擔學費的貧童。在雷地史密斯就有一位志工，十五年來幫助無數學童圓了大學夢。

他是方龍生，一個目光和善、舉止充滿書卷氣息的人，怎麼看都應是出身文人家庭、沒受過苦的少爺。然而他卻說，小時候也曾因爲家境清寒，差點上不了學。

「以前我們家就靠父親到礦坑挖礦、母親販賣自製的醬菜生活，這些收入根本不夠支付八個孩子的學費。」他時常看到母親打電話向親戚借錢，有時候跟媽媽一起上門拿錢，連還懵懂的他都能感受對方的冷言冷語。

父母爲孩子未來的人生忍耐受辱，方龍生也很爭氣，一路讀到高等學

方龍生喜歡小孩，看到孩子就忍不住逗弄一番。我想，投入教育援助是最適合他的終生「職業」吧！

府。當他成為銀行行員時，一直在親戚間卑躬屈膝的母親，才終於能抬起頭來，「我上班時，媽媽跑到銀行的窗戶外驕傲地看著，回去後開心地跟鄰居說，她的兒子在銀行上班呢！」

「後來我投身成衣工作，每年將一些樣品帶回家時，媽媽都會打電話邀請親友們來，然後很開心地看著他們在那邊挑選。」出身貧困家庭的孩子，能夠擁有一份好工作，父母內心的驕傲猶如孔雀，燦爛又繽紛。

一九九七年，在南非經商的方龍生毅然決定提前退休，全心投入雷地史密斯的慈濟志業，尤其是教育助學這個區塊。

剛開始，太太趙淑慧難以認同，質疑地問他：「你都幾歲了？那麼多人需要幫忙，我們要怎麼陪伴？」即使嘴上這樣叨念著，但趙淑慧還是跟著丈夫一頭栽入。

為了協助南非的孩子，他們比以前更勤儉、更樸實，酷愛閱讀的方龍生

甚至為了挪出更多的經費，連買書的錢都省了。

好些年前，人在臺灣的方龍生要到美國探望兒子，臨行前向證嚴法師告假，法師定定地看著他，說：「天下的孩子，都是你的孩子。」方龍生將師父輕輕的這句話，戒慎地放在心頭，並確切執行，這幾年來也小有成果。在雷地史密斯期間，我就結識好幾位受助於他的幸運兒。

蘭德．瑪若布蔻（Zandile Mazibuko）是該屆畢業生中唯一錄取大學的孩子，該是歡騰歌唱慶祝，但她卻把入學通知單藏起來，不敢拿給家人看。父親自她小時候便遺棄家庭，母親身病體弱，長久以來全靠姊姊在速食店工作，供她念完高中。以前，她念公立小學，一學年學費只要五十斐鍰，鄉下高中收費也不高，生活節儉一點就過得去。

但是要上大學，姑且不論生活、交通以及住宿費等雜支，光是學費，四年制大學平均要六萬至八萬斐鍰，三年制大學最少也要五萬。對於月收入不過兩千斐鍰的她們而言，姊妹倆即使一年不吃不喝，也湊不出一半的學費。上大學豈止是談何容易，根本是遙不可及的殘酷夢想。

跟蘭德住同社區，早已考上大學的男孩紐曼．恩科西（Newman

Nkosi），同表無奈。

紐曼說，有時繳完學雜費，家裏就得斷炊，「從小媽媽就告訴我，讀書很重要，無論家裏多麼貧窮，都要我堅持學業。」當紐曼以全班最高分的成績畢業後，現實的考量讓他們不得不低頭，媽媽第一次語露放棄說：「你還是先去工作吧，未來存夠錢，或許會有機會上大學……」

紐曼家只是一方土屋，屋內晦暗，隔出的兩個房間，一間是母親與兩個妹妹共用，一間是他單獨使用，這是一間「沒什麼好看的」屋子，倒不是因爲破敗，而是因爲家具細數起來不超過十樣。當我與方龍生夫婦在客廳坐定後，就再無多餘的椅子了。訪談之間，紐曼的母親與妹妹們都還是坐在地板的草蓆上。

可想而知，紐曼媽媽那一句「或許未來還有機會」是說給自己安慰的，他們都深知，這是不可能的夢想。但凡事誰能說得準？渺茫的希望，不久後便無預警地出現在他們身邊。

「我已經下定決心要放棄念大學，是他們幫助了我。」紐曼感動地說，方龍生夫婦不只協助他學費，甚至細心地連交通費、住宿以及生活費都考慮在內，讓他無後顧之憂地去拚學業。

「如果今天只提供他們學費，他們還是沒有能力念大學。」方龍生說，面對什麼都沒有的孩子，小至買筆記本的細項雜支都得替他們細心設想。

方龍生與趙淑慧細心的，不只是金錢上的考量。蘭德還記得，當她準備參加大學開學典禮前，趙淑慧將她拉到小房間裏，又叮嚀又交代，「她說，扣子要每一顆都扣緊，穿衣服就要穿出端莊來，而且也不可以交男朋友，很多人都是因爲成爲未婚媽媽，而放棄學業。」

生活細節的叮嚀提醒，無疑是將他們當成是自己的孩子照顧，有時候，孩子要搭車返校，他們也會買些吃的、用的到車站送行。

珊蒂卡．庫瑪洛（Thandeka Khumalo）是一位就讀社工系的學生。最後一個學期，她必須到社會福利部實習一個月，但是住家離社會福利部整整六十公里，她沒有錢可以通勤。方龍生與趙淑慧得知後，大方地邀約她：「不如來我家住吧！」

每天早上，趙淑慧會替她做便當、送她出門。愛心便當招來同事的好奇圍觀，也不免引來質疑聲浪，「他們該不會是對你有所企圖吧？」一日，方龍生與趙淑慧買了些糖果、餅乾，送到辦公室請珊蒂卡的同事吃，也感謝上司對她的照顧，「我的老闆感到相當不可思議，若不是我們的膚色不同，他們對我的付出就像是親生父母。」

即使孩子大學畢業、投入職場，他們對孩子的關懷仍然沒有終止。一位就讀土木工程系的孩子，畢業後得到一份薪資優渥的工作。有一年復活節前，公司標到一個公路局的工程，經理指定他留下來監工。在南非，復活節對於基督教徒而言是一個很重要的節日，就像農曆年、中秋、端午三大節日之於華人。因此他氣得打電話給方龍生，抱怨著：「為何大家都可以回家，我卻還得工作？」

方龍生了解來龍去脈後，在電話中與他長談許久，「經理不留別人只留你，代表他很看重你，你不但不能生氣，還要寫一張卡片謝謝他。」孩子照方龍生所說的去做，日後方龍生前往探班，經理特地出來和他打招呼，並欣慰地說：「我從來沒遇過這麼棒的員工！」

若說方龍生與趙淑慧是學費資助人，不如說他們就像孩子的生活導師，引導他們走向正確的人生方向。

二○一一年，薩波考取中學教師執照，在一所中學擔任代課老師，方龍生與趙淑慧特地抽一天空，開車載著薩波的母親到學校，親眼見證女兒工作的情景。

薩波的媽媽偷偷站在窗戶邊，看著女兒在臺上有條不紊地授課，不禁老淚縱橫……當方龍生帶她和校長見面時，這位老母親揩乾眼淚，語帶興奮地直說：「那個女孩，是我的女兒！」

方龍生在一旁百感交集，因爲這一幕一如當年他的母親。「在這裏推動教育確實辛苦，就像我太太當年講的，需要幫助的人太多，南非的學費又貴，但是十幾年來，我們愈做愈堅定。」方龍生言及此，目光如炬說：「這是一條對的路。」

薩波落落大方地站在講臺上授課，很難想像她曾經是一個連圖書館都沒聽過的女孩。

這是一條對的路，這句話不僅方龍生說過，何堂興與施鴻祺也說過。

那天在泰地小學，當我與校長龍瓦那訪談時，施鴻祺繞到教室後方，那兒是一片黃沙飄揚的空曠草原，僅有幾株樹幹挺立著，細直又稀疏，彷彿一吹就會倒。結束訪談後，我信步走向施鴻祺。

「每一次到這裏來，我都會看看這兒的樹，這都是我們親手種的。」施鴻祺說話的同時，不遠的後方傳來學校下課鈴聲，孩童們的雀躍聲頓時傾瀉而出，愈來愈響亮。

「種這些樹是爲了要幫學校做綠化，雖然小，但是都活了下來。」轉身面對學校，望著一個個好動的小人兒，施鴻祺話說得更具深意，「我們在七所學校種下幾百顆小樹苗，成功率只有百分之十，有的勉強存活一年，或因疏於照顧而枯死。照顧這些樹，就跟照顧這些孩子一樣，要用愛心與耐心長期灌溉。」

一九九六年至今，施鴻祺與何堂興、方龍生一起在雷地史密斯展開教育援助計畫，翻出一幀幀當年的照片，滿頭黑髮的他們如今白了髮鬢，臉上出現的細紋刻畫著他們對教育的熱忱，隨著歲月愈來愈深，正如他們對孩子們的愛。

即使人力單薄，他們仍完成七所學校的教室援建，並供應午餐、提供助學金等，誓言讓貧困地區學童透過教育扭轉未來。他們時常自嘲，十幾年來就像「武訓興學」。

武訓是清朝山東人，自小家境貧苦無力就學，無一技之長的他在二十一歲那年，做出一項艱難的決定，他要辦學，「我要讓貧苦人家的子弟，即使沒有錢也能念書，因爲讀了書才不會再被人欺負……」

武訓以行乞的方式集資興辦義學，三十多年的歲月裏，乞討足跡遍及山東、河北、河南與江蘇等省分，不時以街頭表演、給人當馬騎、吃糞便、食磚瓦等供人取樂，賺取興學費用；他生活節儉、不娶妻室，終於在五十歲那年完成夢想，在家鄉興辦起第一所義學——崇賢義塾，之後又陸續創辦兩所義學。

武訓一生爲辦學而勞苦，最後在自己興辦的學堂內離世，享年五十九

助學為孩子帶來希望，施鴻祺樂此不疲。

歲。陪伴在側的人說，武訓斷氣時臉上還帶著知足的笑容。

臺灣也有一位現代武訓，名爲王貫英，亦出生於山東省，一九四九年隨著國民政府遷居來臺，在繁榮的臺北市以拾荒維生，所得卻不用來安家置產、溫飽肚腹，而是購書興學，藏書量大到甚至可以成立圖書館。貫英圖書館後來與臺北市立圖書館古亭分館合併，古亭分館也更名爲「王貫英紀念圖書館」。

臺灣王永慶興學助學、古人武訓爲貧寒學子創辦義學、王老爺爺拾荒購書，這些人的故事日後被撰寫成書，放入圖書館供後代學子翻閱，可惜卻無緣結識，見識風采。而我何其有幸，在南非見證了新一代的興學，並結識這群人，聽著並看著他們是如何「沿門托缽，勸募興學」。

第十二封信

打抱不平

from: Durban
R.S.A

親愛的：

當年上臺北工作時，我毫不猶豫選擇淡水作爲住處。一來是因爲離公司近，再者是因爲這裏的空氣是鹹的。

北門是一個靠海的漁村，空氣中瀰漫著潮溼與海草的味道，我們家重建時，曾在教堂附近租一個暫居之所，牆面油漆剝落之處，盛開著一朵朵雪花般的鹽晶。

上次我們在電話中談到更換機車排氣管，你說你那輛機車一年就要換一支，「因爲北門的空氣太鹹了，排氣管很容易生鏽。」你語氣中充滿無奈與認命。

淡水位於新北市西北沿海的淡水河出海口北側，初來到這個北臺灣最大河川旁的地區，每回我只要想家，就會閉上眼睛，深呼吸，淡水空氣中的鹹味像極了家鄉的氣味，我會遙想自己的靈魂已經回到你身旁。

今天我在南非，也找到同樣的方法將自己的靈魂送回北門，這裏是德本。德本與雷地史密斯同處夸祖魯—納塔爾省，氣候地理卻大不同，相較於

德本港邊停泊著大量遊艇，光看數量就可以知道懂得享受的富人還真不少。

雷地史密斯的乾爽舒適，德本潮溼許多。

前幾週在乾燥的約堡和雷地史密斯，往往在大太陽底下一整天也不太會流汗，得勤補擦乳液預防皮膚乾裂。當熱情的方龍生開車載我們到德本，下車不多久，來到南非的第一滴汗流下臉頰。

我邊用手搧風，邊說：「好不習慣這裏的天氣。」語畢便笑了出來，有什麼好不習慣的呢？德本的天氣與臺灣幾乎是一模一樣，既潮溼又溫暖，流出來的汗足以溼透衣服，全身黏得只想痛快洗個澡。

約堡與雷地史密斯乾爽宜人的氣候令人著迷，但我卻很快就喜歡上德本，因爲在這個近海的城市，空氣中有家鄉的味道。

和我有同樣想法的臺灣人想必不少，大量臺商在此聚集，或許僅次約堡、開普敦的南非第三大城亦是誘因，我們在德本停留這兩週的嚮導，就是來此經商的臺灣人潘明水。

潘明水年紀與你相仿，皮膚黝黑，一張鵝蛋臉總掛著咧嘴的笑容，調皮該是用在孩子身上的形容詞，但每回潘明水直衝著我笑時，那笑盈盈的彎月嘴角搭上狡黠的眼神，眞的好調皮。可是如此的外表相貌，只是潘明水多變性格的一部分。

潘明水有一顆經商的頭腦，做什麼像什麼，然而他來到德本沒多久，就決定退休，當年他才多大年紀？四十歲，還是馳騁職場的年紀，選擇退下來不是因爲失敗，而是內心的慈悲與不捨。

一天，潘明水帶我們來到海邊。

海岸旁，五星級飯店林立，德本是一個臨印度洋的海岸度假勝地，因爲洋流調節，即使是冬天，平均低溫也不過十七度，全年氣候溫暖，讓她擁有「南非邁阿密」之稱。很多人選擇在這裏度假、戲水，或是帶著遠道而來的客人前來喝杯下午茶。

德本的海面平靜，天空湛藍，坐在面海的餐廳享受片刻寧靜，望著一艘艘等待進港的貨輪，眞是人生享受。

「你覺得這裏是什麼？」潘明水難得收起調皮的笑容問我。

「是天堂，對不對？」等不及我的回答，他偏過頭，看著貨輪有朝氣地吐出一泡泡的蒸汽，語調不再快活，「有時候，我都快人格分裂了，因爲我總是在天堂與地獄間穿梭。」

長年來，潘明水總是在白天進黑人區，晚上回市區。說到他進黑人區的源起，得從上個世紀九〇年代初開始說起。

一九九〇年，潘明水從臺灣來到南非，很快在此打下一片天，商場得意，不免也與政府官員有更進一步的互動。一九九三年的一個平凡午後，市長祕書打電話說，有位亞裔婦女到市政府陳情，但英文不是挺好，與市府人員無法溝通，潘明水就這樣「應邀」前往擔任翻譯。

「她是慈濟志工莊美幸，因爲看到街頭流浪兒很不捨，於是跑去市政府爲他們請命，她根本不會講英文。」潘明水當時覺得這女人眞是瘋了，語言不通也不識路，還想做好事？即使笑話著她，但在遠離臺灣幾千公里外的地方遇見同鄉人，潘明水順理成章成爲莊美幸往後出門做好事的「翻譯官」。

潘明水承認，一開始並不怎麼認同這個臺灣慈善團體。

「在臺灣做生意時，我太太就是慈濟的會員，定期去匯款，當時覺得這個團體根本就是老鼠會。」老鼠會，原名是層壓式推銷，參與者透過介紹其他人加入而賺取佣金，這些佣金來自新會員的入會費，一層壓一層，人數不斷擴增，就像老鼠繁殖一樣地快。潘明水當時認爲，定期少額捐款就能被稱爲「會員」，必有蹊蹺。

打從心裏眞正認同慈濟的行善作法，是因爲那兩貨櫃的二手衣——遇見莊美幸那年，臺灣慈濟志工正發起「送愛到南非」行動。

而這段跨國送暖的故事，得從一九九〇年冬天，震撼雷地史密斯慈濟志工施鴻祺內心的那一天說起。

施鴻祺印象中，那個冬天並不特別，溫度一如往常，平均維持在攝氏七度上下。他穿著高領毛衣，披上暖厚的大衣外套，以這身嚴冬必備的衣著前往探視貧戶。沿路上，他冷得發抖，需要不斷地搓手、哈氣，取得一絲溫暖。見到貧戶後，他驚訝地忘記自己的冷，因爲他們僅著輕薄的短袖上衣與短褲。

他問：「這麼冷？爲什麼只穿短袖呢？」

他們聳肩回答：「我們沒有衣服啊！」

深感不捨的施鴻祺回臺轉述所見，立刻獲得臺灣慈濟志工的全力支援，發起募集二手衣計畫。

將衣物捐贈到國外，這恐怕是第二次世界大戰後、脫離日本統治的臺灣人民怎麼也想不到的未來。那時，就如同一九九四年新政府執掌南非那樣的青黃不接，百廢待興。

當時美國政府開始一系列大規模、有計畫性，且長時間的國際援助行動，對臺灣影響最深的就是美國國務卿喬治・馬歇爾於一九四七年提出的「歐洲復興計畫」，亦稱馬歇爾計畫，這個援外法案將臺灣也納入美援受惠國之一。

美國對外援助的項目很多，包含借貸資金、提供武器、派遣技術人員給予指導，或捐贈農產品與食物等。臺灣物資缺乏的不僅是食物而已，當人們把美援的麵粉食用後，捨不得將麵粉袋丟棄，常再利用製成衣褲，麵粉袋材質能防風兼保暖，滿街都看得見「淨重二十二公斤」與「中美合作」的眞人活動式標語。

你我出生時，都已經遠離那個困苦的年代，但在榕樹下、廟埕前的象棋盤邊，老人總不厭其煩地談起這段過往。

離開港邊，來到鄉村，黑人聚落予人的印象，是貧與苦。

可是施鴻祺所見的南非，卻連麵粉袋也沒有。

過往歷史讓臺灣人的感情特別豐沛，幾年前中國面臨汶川大地震、日本發生三一一大地震時，對於一個曾將飛彈指向臺灣的國家、一個曾殖民傷害過臺灣的國家，都仍踴躍捐款，捐款皆躍居世界第一。聽聞南非貧民沒衣服可穿，臺灣人又展現出豐沛的同情心，許多工廠將樣品、囤貨捐出，還有些捐來的衣服，是連標籤都未剪的新衣。

四十噸的衣服，在短短幾天內湧入全臺慈濟環保站。

以前潘明水在臺灣經營工廠兼進出口生意，對產品的包裝與分類相當在行，聽到臺灣要寄衣服到南非來，他還特別飛回臺灣，打算好好地「指導」志工一番，他自傲地說：「要分類清楚，這樣我收到後才好辦事！」

潘明水的滿腔熱血，在抵達臺灣後變成滿懷感動，「他們不僅區分大人、小孩，還按尺寸大小，一件件地摺好、分類、裝箱，這些婆婆媽媽實在是太厲害了！」每一件衣物價值或許不高，但這分用心讓他格外珍惜。

這一波助援，將潘明水原本單純的翻譯工作，化爲實際的行善腳步，推著他更往鄉村部落探入。其實，兩貨櫃的衣服對於德本廣大的貧戶來說不算多，幾個村莊就可以輕易發放完，可是他卻不敢如此隨便。「這樣的愛不能隨意打發，要將它們提供給貧中之貧的人，發揮最大的效用。」

他透過關係取得各地酋長的資料，每到一個部落，得先找到精通部落方言和英語的人協助翻譯。雖說是帶來援助，但面對當地最剽悍的祖魯族，潘明水甚至得謙卑請求，直到酋長說：「很好，我准你來幫助我們。」才能進行住戶探訪與造冊工作。

「那麼有個性？你不會不開心嗎？」我忍不住打斷潘明水說故事的節奏，直問著。

潘明水的眼底，不僅有中年的睿智，還有親眼見證的苦難，「他們住的房子，是用紙板及破爛的塑膠布搭起來的。雨一下，裏頭滴滴答答；風一刮，就什麼都沒有了。屋內空無一物，有的大概只剩身上那件蔽體的衣服。我看了很心痛。」

即使是發放白米與毛毯給火災受害者的忙碌當頭，潘明水仍能調皮地帶給大家歡樂與笑聲。

有人曾說，慈濟志工很笨，吃自己的飯，做別人的事，我眼前又是一個。但我認爲這絕對不是笨。

他白天到各區訪查，晚上再將資料帶回，由妻子與兒子幫忙謄寫成冊。僅爲那兩貨櫃的舊衣，潘明水花了半年的時間跑遍德本各村落，走訪幅員超過臺灣面積，即使村莊離居住地有三百公里，也是開著車、抖擻精神上路。

貧窮的人何其多，潘明水選擇其中最貧困的八千戶，這個決定一開始就被聞言而來的社區牧師否決，「若是逐戶發放，大家自然歡迎，但你這樣的作法，只會引來殺身之禍！」最終，他果眞面臨一場無可避免的衝突。

訪視當日，他被近百位沒有在名單中的居民團團包圍，大家以方言憤怒咆哮，他卻鎭定地透過酋長幫忙翻譯解釋。

「我知道有很多人需要幫助，但資源就這一些些，只能獻給最苦的兄弟姊妹。他們是我的兄弟姊妹，是你們的兄弟姊妹嗎？」部落的姻親關係緊密，大多有親戚關係。眼見居民們放下憤怒的雙拳，紛紛點頭，他繼續說：「那爲什麼把物資給這些兄弟姊妹，你們會生氣呢？爲何不讓慈濟先照顧他們呢？」

誠摯的溝通，讓一場干戈輕鬆化解。兩貨櫃的舊衣物，歷經二十二天的洋流推送，在一九九四年六月南半球冬天來臨前，溫暖八千戶貧困人家。

半年來，如做田野調查般地深入各部落，潘明水奠定了慈濟在德本的慈善腳步，也一步步探察出部落的需求與困境。

「剛來南非時，大家都告誡我，千萬別進黑人區，因爲很危險。」長年的種族隔離造成的黑白隔閡，加上政黨鬥爭鼓動黑人相互殘殺，讓白人對黑人社區避之唯恐不及，即使成群結隊也不敢踏入，像潘明水這樣獨身勇闖的，恐怕是數一數二。

即使我們談到這段故事時，正好端端地坐在黑人村莊的一塊大石頭上，但我還是順著故事起伏，問：「當時一個人來，不怕危險嗎？」

潘明水聞言，哈地一聲大笑，「管他的！」這就是潘明水，心軟得願意付出半年時間，做一件一般人不願意做的事，但他的心也勇猛得像一頭馳騁

遇到志工間彼此有嫌隙，潘明水還得充當和事佬，而且往往效果都還不錯！翌日，我見這兩人已經能開口跟對方打招呼了。

草原的公獅，闖入連警察都不敢進入的戰地。

「還記得剛進黑人區時，剛好遇到村民械鬥，這邊跑過去放火，那邊跑過來殺人。」當時，官方甚至出動裝甲車鎮守協調，潘明水卻沒有被嚇跑，反而站在兩村之間的泥土路上喊話，呼籲彼此應該要和平相處，「兩邊的人都被我嚇傻，因為我還把他們拉住，教他們要愛彼此。」潘明水邊說邊笑，「他們都覺得世界上怎麼會有我這種怪人！」

認識他十多年的祖魯族女士葛蕾蒂絲・恩葛瑪（Gladys Ngema）在一旁補充：「只要看到開著一輛九人座車的華人，即使看不清楚開車者是誰，大家也心知肚明一定是麥可（Michael），只有這個瘋子敢進來！」麥可是潘明水的英文名字，當地人習慣稱他Borther Michael。

瘋子，這個詞或許不文雅，但再適合不過。

早年，潘明水開的車種輪胎皮薄，每次下鄉都會被沿路的碎石子給劃破爆胎，有一次還連破三個輪子。他常得下車揹著破輪胎走一段路，搭巴士到城裏尋找輪胎行買新輪胎，「我請老闆載我回原地換輪胎，那個印度裔的老闆一聽到地點，連忙拒絕，還直說：『那不是人去的地方！』」

潘明水心想：「我是人呀，那裏我已經去過好幾次了。」

女人說他膽子很大，男人說他很猛，其實這不過是潘明水成長過程中司空見慣的生活。

潘明水成長於臺北的萬華，人們習慣稱那兒是艋舺。

早年中國福建人移居至此，見當地平埔族沿河散居，名爲「Mankah」的獨木舟是主要交通工具，便以音譯稱當地爲「艋舺」；清朝嘉慶年間，郊行——類似今日的商業公會——興起，當時交通以水運爲主，艋舺位處大漢溪與新店溪交會的淡水河濱，地理位置優越，起卸貨運的碼頭成爲郊商命脈，奠定艋舺鼎盛商業奇蹟，但也因爲各家勢力競相角逐，爲爭奪地盤利益，大小不一的激烈械鬥不斷，因此日後臺灣人聽到艋舺，腦中第一個浮現的刻板印象就是：「那裏黑道大哥很多！」

「從小我就很英雄主義，時常路見不平！」潘明水豪氣地說。

再一次，我深感孟母三遷的故事的確深具省思。

幸好潘明水的「大哥」氣魄，在成人之後，少了莽撞，「我看到黑人那麼窮，很替他們打抱不平，他們做錯了什麼？爲什麼得過這樣的生活？」

進階的無畏勇氣，領著他走入黑人區行善付出，直至今日都還在其中穿梭著。接下來這段期間，我將會隨著潘明水深入德本那些令白人畏懼的鄉間村莊，但請別替我的安危擔憂，我有個「大哥」在身旁保護著呢！

第十三封信

勇闖黑人部落

from: Durban
R.S.A

親愛的：

在德本好些天了，潘明水開著他的五人座小貨車，載著我們一路顛簸進入鄉間村莊。

「德本的黑人幾乎都是祖魯族。」潘明水一邊開車，一邊替我們上了一堂歷史課。

還記得我跟你說過，南非有九支黑人部族嗎？祖魯族是其中最大的一個部族，約有一千一百萬人口，逾南非總人口的五分之一，在各方面都占有舉足輕重的地位，超過一半的南非人懂得祖魯語，現任總統雅各布・祖瑪（Jacob Gedleyihlekisa Zuma）亦來自這個部族。

這麼一支體系龐大的民族，理應是平均散布在南非各省，然而種族隔離制度不只是影響社會與經濟層面，在南非採訪的這些日子，我漸漸體會任何一個枝微末節，都與種族隔離息息相關。

種族隔離時期，白人政府於夸祖魯建立黑人家園，將數以百萬計居住在夸祖魯外的祖魯人統一遷入。一九九四年，新政府將夸祖魯與納塔爾合併成

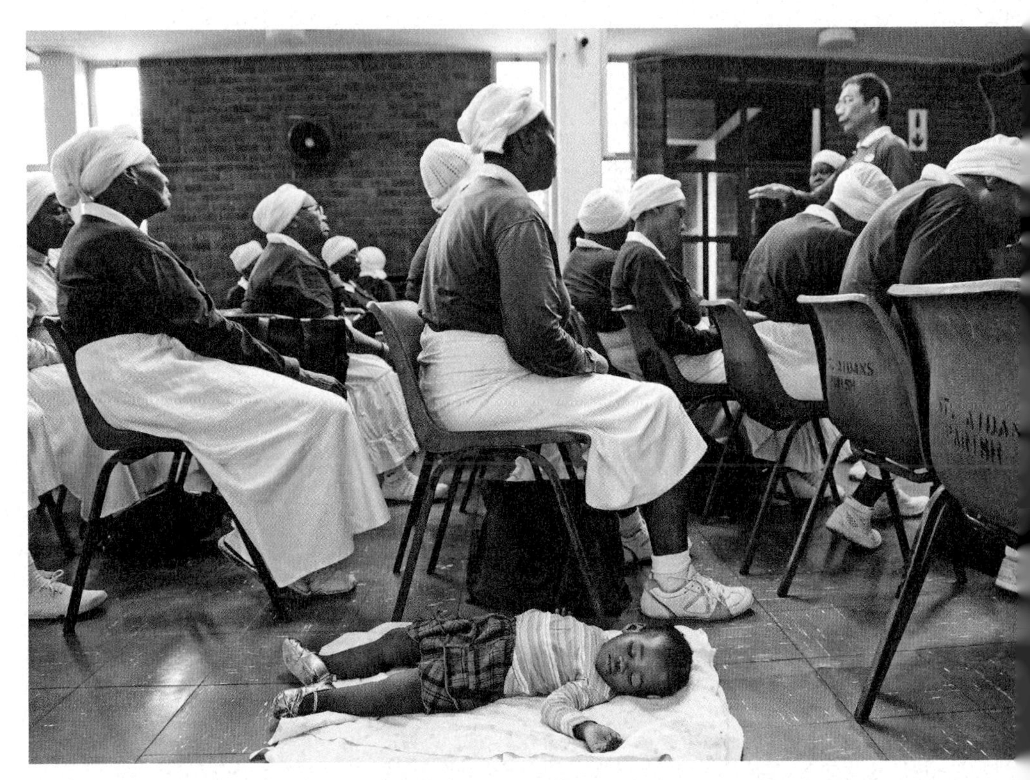

祖魯族志工珍惜每月一次的研習，即使得帶著孫兒一起聽課，也不願放棄機會。

夸祖魯—納塔爾省。即使已經可以自由遷徙，大部分祖魯族人仍居住於此。

「這個族群是最恐怖、最殘暴的。」潘明水輕鬆的語氣中，含著飽滿的警告，「你們在村子裏面絕對不可以離開我的視線自由行動，懂嗎？」

祖魯族是南非本土民族，若是在臺灣，就像我們所稱的原住民。還記得小時候，我跟著街坊鄰居叫原住民「番仔」，直到小學老師告誡說，那個稱呼是對原住民的藐視，才逐漸改口。

番，這個字有未開化的意思，臺灣原住民被稱為番仔，源自於他們的獵首文化，除了蘭嶼達悟族外，幾乎臺灣高山族原住民都有此習俗，這種傳統信仰稱為「出草」，被視為成年男人的證明和提升社會地位的機制。這樣的獵首文化今日已不復見，卻未被世人所遺忘，有人甚至將野蠻與原住民劃上等號。

祖魯族在南非的世俗眼光中，也差不多是如此。在黑人部族中，音樂及舞蹈彷彿是他們與生俱來的能力，而祖魯族最著稱的舞蹈即是戰舞——緊握著長矛的舞刺、柔軟卻不失彈性地跳躍，再加上有力的吟唱與節奏分明的鼓音，敵人會喪膽，勇士則會熱血沸騰。

十九世紀，祖魯族人曾在南非成立祖魯王國，在不斷擴張的過程中，發生多次內亂，史稱「祖魯內戰」。祖魯王國雖已不存在，但是祖魯人的好戰一如往昔。直至今日，內戰仍然在村與村之間不斷重演。

雖然潘明水說他們是最殘暴的一支族群，但他身邊的黑人摯友卻大多來自祖魯。

一個人可以做多少事？潘明水投入行善行列時，很快就意識到這個問題。「兩隻手能做什麼？光是一個病患都照顧不來了；兩條腿，又能跑多遠？」當他在思考這個問題時，腦中浮現過去證嚴法師在蓋花蓮慈濟醫院時所發生的眞實故事。

一九七八年，臺灣經濟成長率創戰後新高，貧富差距逐漸縮小，但偏遠又受交通阻隔的後山花蓮，卻面臨嚴重的人口外流以及醫療資源短缺的窘境。證嚴法師爲讓重症老弱免去迢迢千里北上求醫，甚至錯失黃金治療期的等待，於慈濟功德會成立的第十三年，也就是一九七九年五月宣布在花蓮籌建醫院。

當年慈濟的捐款人僅三萬多人，且以十元、百元捐款居多，一年最多只募得一千多萬元，建院經費卻高達六至八億。醫界專家不看好，身邊的弟子也普遍勸退，但法師堅持，「慈濟不以經濟價值作評估，而是以生命價值爲考量。」

當時，一位日本人有意捐贈兩億美金，以當時匯率計算約新臺幣八十億元，倘若法師欣然接受，不僅建院不是問題，日後營運也無須擔憂虧損，但法師卻婉拒了。「我希望臺灣人自己來種福田、耕福田。」於是，許多經濟能力不佳的有心人，甘願磨手皮做小工；臺北樂生療養院的痲瘋病患，捨出長年蓄積的棺材本……哪怕只是捐一根鐵釘、一塊磚頭都好。

曾有位企業家跟法師說：「您讓臺灣人，人人都變成王永慶。」

法師不解，企業家解釋：「王永慶會蓋醫院啊！只要你將醫院蓋起來，就是讓每一位付出的人，都可以是王永慶。」

這個故事讓潘明水的腦袋裏，湧現一個瘋狂的念頭，「不如讓黑人來幫助自己人？」

潘明水的想法一開始並不被他的白人朋友所認同，黑人普遍窮苦，怎有能力去幫助別人？「再者，黑人看到我們不搶不殺就算好了，遑論跟我們做朋友。」

但他可是霸氣的潘明水，怎麼可能不行動就先認輸呢？

他開始到各村落巡迴，站在大樹下舉辦演說。由於鄉間沒有電力，無法使用電子器材擴音，他就用丹田跟喉嚨，「他們的文化跟我們不同，不能只說重點，這樣他們很容易忘記，要用故事一個接一個講，去感動他們。」一講就是三、四個鐘頭，演說結束後，又挨家挨戶拜訪，鼓勵有志一同的村民，一起投入關懷行列。

這段期間，潘明水持續走訪村落，與村民搏感情，也愈來愈了解祖魯族的生活形態，主要由男性出外工作，女性擔任家管，「他們普遍教育程度不高，男人找到的只是零工，收入很不穩定，一天沒拿錢回來，家裏吃飯就有問題。」

交通不便、不易到市區打工，女人除了在自家空地種些玉米，幾乎別無他法。她們會的手藝只有打掃、煮飯，以及縫補家人破舊的衣服。

提起縫補舊衣，我就想起家裏衣櫥裏那件內襯是小碎花的紅色長版外套，是我小學時期，你做家庭代工的成品之一，因爲版型好看，你跟工廠請購一件給我，如今早已小得不合身，卻被我視爲珍寶捨不得丟棄。

看到那件外套，我會想起過去那段艱辛的生活裏，全家的經濟擔子落在你身上，屋內一角放著成堆已經裁剪版型的布料，你就著家庭縫紉機上的那盞小燈光，努力推縫著一件件半成品，你犧牲自己的睡眠與體力，在無數的夜裏伴著機械的喀拉聲，爲我和哥哥的學費努力著，也爲了讓我們獲得更好的生活條件。

許多臺灣鄉村的婦人，都有過家庭代工的經驗。臺灣藝術大師朱銘的母親也是，一次偶然的機會下，我讀到朱銘的生平簡介，其中有一段寫到他的母親王愛。

職訓班有了電力，就可以仰賴電動裁縫機提升產量，不過因為價格昂貴，多數人還是使用手搖式裁縫機。

「由於父親在三十九歲的年紀得了氣喘病，工作時間有限，母親便擔負了大半的生活重擔。爲了多賺幾文錢，母親經常工作到三更半夜，佝僂著身軀，在昏黃的燈光下工作。與母親睡在一起的朱銘，半夜醒來，便對母親說：『媽媽，去睏啦！』母親慈祥地回道：『憨囝仔，阮去睏，明仔在吃什麼？』」

文章中沒提到朱銘的母親做的是什麼代工，但我記得以前你所做的衆多代工，有串珠子、縫鈕釦或組合假花等，其中車縫衣服更像是一股風潮。縫紉，是早年臺灣婦女必備的手藝之一，不單是爲家人縫補衣裳而已，許多婦女還會向工廠爭取在自宅裁縫，賺取生活補貼。

來自臺灣的潘明水明白裁縫的價値，也能是一門賺取生活費的功夫。他靈光一閃，「何不開辦裁縫職訓班呢？」那一年是一九九五年，「送愛到南非」行動的隔一年。

潘明水找來幾位手藝不錯又懂得使用裁縫機的婦女，讓她們擔任老師，再想辦法找到幾臺裁縫機，向紡織、成衣工廠要來廢棄布料，尋覓一方空屋，裁縫班就有模有樣地成立起來。他自我解嘲地說：「找到的空間不過是一間小土屋，在臺灣大概只能用來當作穀倉，但在這裏卻可以稱得上有模有樣。」

潘明水笑說，當年的裁縫機還是古老手搖式的，雖然不方便，卻正好符合當地環境，「若找來插電式裁縫機，這裏根本不能用，哪裏有電啊！」

婦女們一個約一個，一個教一個，每天處理完家事，就到縫紉班學手藝，從裁剪、車縫，逐漸到可以製作一條手帕、一件衣服，著實耗費不少時間，但隨之而來的是家用貼補的希望。

葛蕾蒂絲也是裁縫班的成員之一，「我們從幫鄰居縫補衣服開始，手藝愈來愈精巧後，附近的家庭代工如果趕不及出貨，就會來找我們幫忙，看到我們做得不錯，還會把我們介紹出去。」

裁縫班的婦女們相當勤奮努力，不延遲交貨的好信用，深得顧客青睞。曾經，有個社區集結了九個裁縫班，接下一個大廠商的案子，七十八位成員通力合作，賺取十四萬四千斐鍰，這筆錢對一家小型成衣廠來說，或許只是普通盈餘，但對一個月賺不到五百斐鍰的家庭來說，卻是一件了不得的事。

我問葛蕾蒂絲，裁縫班成功的關鍵是什麼？她的口氣驕傲卻不自滿，「付出，因為我們懂得付出。」

以那十四萬四千斐鍰的收入來說，裁縫班七十八位成員一致決定將百分之三十作為照顧社區孤苦無依的老人、窮人以及殘障和愛滋孤兒的基金，部分提撥購買布料與針線，其餘才均分納為己用。

平時，她們也會製做衣服，帶到教堂或是社區，分送給需要的孩子與窮人，社區的人都知道，每年聖誕節都會有來自裁縫班的聖誕禮物，這項禮物不僅保暖，還貼心地做得相當合身。

意外獲得一批捐贈的好布料時，婦女們也不會藏私，或是滿懷利益只想到販賣。一九九九年，臺灣潤泰集團捐贈兩大貨櫃布料，裁縫班婦女便利用這些布料，做出一批批禦寒冬衣，透過慈濟志工，發送到貧困人家手中。

至今，德本的職訓班仍舊蓬勃發展，五百多所裁縫班在大、小社區內運轉著，婦女們踩踏裁縫機的喀拉喀拉聲，是無數生計的鐘響。

這幾日，我隨著葛蕾蒂絲的腳步來到她的社區，並造訪當地的裁縫班，探身一看，才終於明白潘明水之前跟我說的話，他說：「你不要把裁縫班想得多麼了不起，這樣你會很失望。」

我沒有失望，只深感辛酸。雖然裁縫班如此成功，但是婦女們長年來都將每個月銷售所得扣除材料費後的盈餘，提撥大部分作為慈善基金捐助他人，十多年過去了，裁縫班仍是一間車庫大小，電動機械兩、三臺，大多數婦女還是坐在草席上，用著十多年前的手搖裁縫機，點著一盞昏黃小燈彎腰工作。她們的背影就好像小時候我所見到的你，佝僂身軀，微瞇著眼，心神專注。

「這是我們剛接下的一批床單訂單。」葛蕾蒂絲將我的思緒拉回來，要我撫摸這批布料。伸手一摸，質感當然不如臺灣，「不錯吧？」葛蕾蒂絲說，我只能微笑。

「這批布是附近成衣工廠捐給我們的，多幸運。」

葛蕾蒂絲（左三）是早期投入職訓班的婦女志工之一，現在雖轉往慈善訪貧，但偶爾還是會回來指導後輩。

我問葛蕾蒂絲，這批訂單可以賺多少錢？她沒有正面回答，只說：「這批訂單可以餵養五十位孤兒一個月，還可以幫助很多愛滋病患者。」

我疑惑，潘明水走到我身邊來解答，「如今裁縫班的婦女，年紀不大、手藝不錯的都到成衣廠上班，剩下這些年紀較大的都領有老人年金，足夠吃三餐，所以他們不爲自己獲利，賺的錢全都拿來幫助別人。」

怪不得潘明水常笑著這樣說：「我們開辦五百多家裁縫班，賺的不是錢，而是歡喜！」

德本的裁縫班爲當地婦女帶來收入與自尊，但對潘明水來說，他還有另一個目的，「我不僅是想把她們帶出家門，學習一技之長，還希望她們能走入別人的家裏，關懷弱者。」

十九年過去了，潘明水藉由深入鄉村宣導與開辦職訓所的方式招募志工，現今成果斐然，德本地區已經有五千多位本土志工從家中走出來，不僅照顧愛滋病患，還設立一百二十個熱食點，餵養五千餘位孤兒，並深入村落中每一個黑暗的角落，找出需要幫助的病苦人……

「直到今日，你還是認爲祖魯族是很殘暴的民族嗎？」我調皮地問。

潘明水朗笑，「當然！不過若是把他們過動的精力放在對的地方，那麼他們的愛人能量就會無人能及。」

以前，潘明水對做志工的態度相當不屑一顧，有一回在上慈濟的志工培訓課程，見大家都是白褲白布鞋，只有他最叛逆，硬要穿一雙黑皮鞋，甚至整堂課都還蹺著腳！

誰能想到當年那一個穿黑皮鞋、蹺腳的男人，今日卻在非洲南部帶領出五千多位本土志工。而這群本土志工也常常告訴他：「麥可，你不能離開我們，如果你不在了，我們該怎麼辦？我們需要你。」他維持著一貫的幽默態度笑著回答：「我會死，如果不死，我就是妖怪了。你們不需要我，是別人需要你們。」

我一直認為臺灣人的愛是很氾濫的。

小時候，我們捨棄福利社的科學麵與可樂軟糖，義無反顧掏出口袋裏的十元銅板——那是一日僅有的零用錢——購買紅十字會的郵票；班上有同學的家人往生或罹患重病，就自動發起募款活動。長大一點，許多人看到報紙或是新聞報導貧苦家庭的故事，或是需要龐大醫療費用的個案，就紛紛以劃撥、郵寄現金袋的方式默默資助；即使是一個聽也沒聽過的海地發生大地震，臺灣捐款的踴躍與迅速都超乎想像。許多人捐款不欲人知，還以無名氏作稱。

這麼氾濫的愛不只在臺灣發酵，也帶出國際，德本的善行漣漪，從一個滿懷慈悲卻不會講英文的女人莊美幸開始，接著由「大哥」潘明水接棒。

你也許會認爲我措辭不當，因爲氾濫兩個字似乎以負面涵義爲多。

還記得二〇一一年，我到泰國採訪洪水災難嗎？

這一年，持續暴雨加上連續多個颱風，累積四十億立方公尺的水量，順著昭披耶河由北到南遍布分送，瞬間三分之一的泰國土地陷入洪水中，受災人數保守估計有八百五十萬人。

即使全力疏通洩洪，災情仍是隨著時間分秒蔓延開來，「估計這場水要退，至少要一個月至一個半月。」泰國社會發展福利部次長帕妮達·干璞不敢妄下背書，只能大略估計。

在這場世紀洪水中，我遇見一位農夫，他所有的田地都覆沒在惡水之下，可是他卻樂觀地告訴我：「氾濫之後帶來的是沃土，我心懷感謝。」我在水退去之前就離開泰國，也沒能見證農夫日後的豐收，但是這一回在南非德本，我看到了。

臺灣氾濫的愛，在南非德本地區培植出五千多位本土志工，他們以善滋養社區，正逐步地將潘明水口中的地獄，化爲天堂。

第十四封信

黑色的病

from: Durban
R.S.A

親愛的：

在德本這段期間，我隨著潘明水深入黑人部落，他的義行伴著德本的鹹海水味，跟北門的味道一樣。鄉間村莊裏的人喜愛歌舞，工作時和著歌聲，開心的時候手舞足蹈，他們雖然不富裕，卻樂天而且容易滿足，就跟我們北門鄉親一樣。

不幸的是，「黑色疾病」找上這裏的人們，就如同一九五〇年代末期，黑色疾病的肆虐，也曾是北門人的痛。

北門流行過的黑色疾病，叫做烏腳病。那是一種末稍動脈血管硬化疾病，由於血液不流通，無法獲得足夠的營養與氧氣，患者會感到肢體末端發冷、刺痛與痲痹，最後產生劇烈疼痛，腳趾潰爛、發炎而致發黑，逼得患者不得不截肢，以免持續擴散。

烏腳病在臺灣嘉南沿海竄起，北門鄉難逃一劫，當時少有人安裝自來水管，大多鑿井飲用，井水砷含量過高，是造成罹患烏腳病最主要的因素。臺灣省衛生處邀請醫界籌組烏腳病研究小組，小組成員之一曾文賓醫師實地調查後說：「這種病稱得上是人生一大浩劫，帶給個人與家庭無盡的折磨。」

據北門老一輩的人說，烏腳病痛起來簡直是生不如死，時常有患者痛到在地上打滾、哀號，無法正常飲食與睡覺，導致營養不良而併發肺結核、貧血等疾病，加上多數人生活清苦，沒錢就醫，只能繼續忍受傷口潰爛、生蛆發臭，有人便因此精神失常。

苦的是這種病並非發病後就能一了百了，患者與家屬每天生活都像在歷經一段永遠無法結束的酷刑。曾有位神學院外籍教授眼見這些慘況，不捨地說：「如果耶穌生在臺灣，一定會先到北門醫治這群人。」

烏腳病到最後幾乎都要靠截肢抑制病情，因此又稱「分屍病」，也由於到了末期腳會變黑潰爛，民間又稱之爲「黑色的病」。

黑色的病早在我出生的時候就已經在北門絕跡，萬萬沒想到我竟會在南非遇上俗稱的黑色的病，而且正狂熱地蔓延著，但南非黑色的病卻非北門的烏腳病，而是世紀黑死病——愛滋。

愛滋病，全名爲「後天免疫缺乏症候群（簡稱AIDS）」，是近代醫學史上最引人關注，也是最令人恐懼的疾病之一，而南非是世上愛滋病感染最嚴重的國家之一。

一九八一年，世界發現第一例愛滋病；七年過去，南非愛滋病例僅一百一十六例。然而，如今患者人數卻激增至五百五十萬人，平均每天有八百人死於相關疾病。每個周末，這裏最盛行的不是婚禮，而是葬禮。

訪談外商，他們對於愛滋病早已見怪不怪，工廠流動率高，常常過一個週末，就有好幾個人因病無法上工，老闆得隨時接受員工往生的消息。

如果這麼說，你還無法想像愛滋病的氾濫程度，那麼二〇一〇年十月的一則新聞報導，可就會讓你大開眼界。報導指出，德本市政府擔心現有墓地將在兩年內用罄，考慮實施墓地回收利用計畫，將十年以上的舊墳重新深埋，上面的空間搭建新墳，預計先在一處墳場試辦，逐步推廣至全市六十座墓園。

這個迫不得已的決定，即是來自愛滋病所提高的死亡率。你一定想問，爲何愛滋病在南非會如此氾濫？

從每年新增以及死亡的愛滋病患大部分是女性來看，不難發現最大原因在於性暴力氾濫。南非醫學研究理事會曾經公布一項調查，指出南非是世界上強姦犯罪率最高的國家之一。

我在這裏遇到的好幾名女性，就都曾是強姦犯罪的受害者——

七年前，恬貝尼・藍賈（Thembeni Langa）結束凌晨三點的晚班工作，返家途中，遭五名暴徒擄走並性侵。

二十歲那一年，布蘭達・瑪布剌（Brenda Matebula）因爲與大嫂不合，兄嫂遂唆使七名歹徒輪暴她。

辛西亞・恩杜利（Cynthia Nthuli）先生病危，她赴醫院照護，沒料到鄰居十七歲的少年趁機潛入她家，侵犯她年僅七歲的小女兒。

女性地位低下是南非部族婦女的痛，以訛傳訛的荒誕傳聞，更加深愛滋病的傳遞。

潘明水曾在部落遇到一位臨時調派至鄉村的護士。護士告訴他，感染愛

（攝影／黃淳楷）

祖魯族婦女志工常就著狹窄的晦暗空間，向有興趣的人分享愛的故事。對她們來說，每個地方都是能散播愛的舞臺。

滋病毒的男子相信，與年幼處女發生關係，破身見紅的血液能夠殺死男子體內的愛滋病毒，許多無辜女孩就這樣成爲愛滋病帶原者。

潘明水進一步說明，造成愛滋病成爲國難的肇因，還有不足的醫療知識。他曾在一次公開場合中詢問部落居民，「愛滋病是如何被感染的呢？」居民發言踴躍，「有人說因爲床上有髒東西，有人說是吃錯食物，甚至有人堅信是被下咒！」一些醫療不發達的偏遠部落，僅能仰賴簡易照護站的流動護士，教育低落又缺乏衛生保健以及相關知識，造成罹病數據節節上升。

以上這些對國情截然不同的我們來說難以想像，但是將愛滋病推上高峰的另一個肇因，或許你我就能有些理解，也就是昂貴的醫療系統。

根據原本南非衛生部的政策，愛滋病帶原者淋巴球指數達三百五十，就可以得到政府免費提供的藥物。但就和教育一樣，即使政府想大刀闊斧地進行改革，卻不得不向現實低頭；同理，愛滋感染患者實在太多，僅有少部分人能夠進入免費的供藥系統中。

美國醫療保健雜誌上的一份研究報告顯示，愛滋病患者若能堅持藥物治療，平均能延長二十四年的壽命，但是醫療費用卻高達六十餘萬美元！

六十餘萬美元，對臺灣一般小康人家而言，都已是莫大的負擔，更何況南非的平凡百姓！

醫療負擔沈重，對平凡百姓就像是與疾病苦痛同等的浩劫，當年北門的烏腳病患，若不是有幸遇到善心的王金河醫師、謝緯醫師以及孫理蓮女士，恐怕也得面臨求助無門的厄運。

現年九十七歲的王金河醫師，是北門的頭號傳奇人物。出生北門的他，曾到日本東京醫科大學求學，並在日本行醫兩年，後來因爲母親病危，在二次大戰的烽火中趕回臺灣，之後就留在臺南醫院服務。

一位北門老醫師在過世前鼓勵王金河回鄉服務，於是他毅然決然地回到窮苦家鄉，成爲守護鄉親健康的醫者。

聽舅舅說王金河很善良，村民付不出醫藥費時，他可以接受自種的蔬果、家禽或是雞蛋來抵押，若連這些都沒有，村民就寫張借條，來日有能力再還，而王金河會在農曆年第一天，將借條帳簿全數銷毀作廢，讓始終付不出醫藥費的人家，無須再背負「欠過年」的擔憂。

烏腳病盛行時，王金河細心照顧每一位患者，挑出患部爛瘡裏的蛆蟲，或親自到行動不便的患者家中換藥；遇到無力處理喪事的家屬，他不僅到木材行買木材釘製棺材，還協助入棺、找墓地，親扛棺木下葬。而他的夫人王毛碧梅也是同等善良，爲患者準備三餐，帶領因病而痛的他們吟唱詩歌，藉由禱告寄託精神。

截肢痊癒的病患，因失去行動自由，難以正常工作，自認是「死坐活吃」的無用之人，精神備受煎熬。王金河夫婦四處奔走，籌措經費，促成手工藝訓練機構的成立，協助他們將成品對外販售。

北門人的守護者不只有王金河，還有創建那座白色教堂的孫理蓮女士，她是一名美國的傳教士，同時也是基督教芥菜種會的創辦人。一九六二年，眼見北門烏腳病患無力就醫，她在教堂旁設立烏腳病免費診所，二十四年間共收容七百多名患者。

埔里的謝緯醫師，也帶著自己醫院的醫療人員，每週四自費搭兩個多小時的計程車，來北門爲烏腳病患診治與截肢，甚至替罹患其他疾病的北門人，免費施行外科手術。

王金河、謝緯以及孫理蓮當時被稱爲烏腳病醫療的鐵三角。

我們北門何其幸運有這三位，正如同德本的愛滋病患也是幸福的，因爲有一群祖魯族女性，傾盡心力地投入愛滋患者的關懷以及愛滋遺孤的照護。

夸祖魯—納塔爾省是南非愛滋人口比例最高的省分，全國最低的人均壽命也在這個省，平均壽命只有五十歲，根據官方統計，約三分之一人口感染這個世紀黑死病，更讓志工們覺得責無旁貸。

潘明水決定展開愛滋宣導工作，呼籲預防，並教導正確的治療觀念。他和祖魯族志工們常常扛著電視機與錄影機，一邊播放他以不純熟技法所剪輯出來的影片，一邊講故事，方法看似原始，效果卻很不錯，「現在那些錯誤觀念逐漸式微，倘若當年沒有這樣宣導，後果是很可怕的。」

宣導正確知識的同時，潘明水也領著祖魯族志工，投入愛滋病患的照護。愛滋病到了末期，根本無法行動與自理，猶如癱瘓一般，需要人協助清洗身體、按摩疏通血液循環，以免肌肉壞死。對於還能夠活動的病患，需要給予信心和鼓勵，因爲大部分的病患在確認罹病後，對人生通常只剩下絕望。志工的鼓勵並不能改變走向死亡的命運，但至少能爲他們最後一段生命獻上尊嚴，帶來一些明亮光彩。

可是潘明水的提議，一開始並沒有獲得祖魯族志工們的認同。她們嚇壞了，紛紛搖頭對潘明水說：「麥可，你瘋了，和他們接觸是會死的！」

愛滋病在南非普遍得猶如流行性感冒，卻沒多少人願意公開討論，人們不願直呼其名，而以「那個病」、「黑色的病」，甚至是「血病」來替代稱呼，對愛滋病患的懼怕可想而知。

「我不管，還是帶著她們去關心患者。」一進病患的家，看見那瞪大卻無神的眼睛、皮包骨的身形，以及因無法自理而發出的惡臭，潘明水腳步毫無一絲遲疑地往床邊挨近，撫摸著患者的臉安慰，跪著幫忙按摩疏通經絡。

「祖魯族志工看到我去觸摸病患，個個都撲上前把我拉走。她們說要自己來，而且每一個人都做得比我好。」潘明水講著講著就笑了，「這就是慈悲戰勝恐懼以及無知。」

祖魯族志工開始以自己的村莊爲起點，逐步擴展至鄰近部落，尋找需要幫助的愛滋病患，至今看照的患者加總起來有一千兩百多人，恬貝尼也是其中之一。

七年前，恬貝尼被五名歹徒輪暴後，感染了愛滋病。她對愛滋病並不陌生，家族裏有好幾個親友都罹患此病，她曾在他們病得很嚴重、無法自理時，前去幫忙擦洗身體；在醫院見到一位愛滋病患，虛弱得幾乎要暈過去，她也好心地將自己排了數個鐘頭、快要到號的位置讓給對方。

別人的事情可以看得雲淡風清，但是自己得到這個病，恬貝尼卻無法接受。當時她已有身孕，準備和未婚夫走入禮堂，夫家得知後希望退婚，但未婚夫決定履行婚約，夫家即與他們斷絕一切關係。

祖魯族志工希邦蕾（右一）帶著三個孩子，一起去探望愛滋病患，她希望孩子從小就學會愛人，才能促進未來社會的祥和。

曾是親密的互動，變成冷漠的推開，遑論鄰居朋友態度丕變，「我開始被人群排擠，我的世界變得分崩離析……」恬貝尼臨盆那天，先生出外工作，社區裏沒有一個人願意替她接生，她只好靠著自己的力量生下孩子，獨自剪斷臍帶。

恬貝尼生產後，原本豐腴的身材變得瘦骨嶙峋，所幸政府派諮商人員來探望她，「那個諮商人員爲什麼敢來呢？因爲她本身也是愛滋病患。」在諮商人員的鼓勵以及建議的食物調養後，恬貝尼漸漸地恢復體力。

但厄運似乎不願就此放過她，她出了一場嚴重的車禍，損傷脊椎造成下半身癱瘓。「當時我一心求死，一了百了。」

「世界上最可怕的愛滋病都沒有將你打倒，爲何就撐不過這場車禍呢？」我問。

恬貝尼看著我的神情很溫柔，「不是身體讓我癱瘓，是悲觀讓我癱瘓了。」車禍癱瘓後，爲了支付龐大醫療費用，先生變賣家中所有的東西，卻仍無法換來行動自如。「活著不如死去，這就是我當初的心情。」

在恬貝尼萬念俱灰時，房裏的收音機傳來一段節目，那是慈濟志工分享平時如何關心社區裏的愛滋病患。於是，她撥了一通電話到電臺，哭訴自己悲慘的命運以及自我了斷的念頭。

在電臺的祖魯族志工一邊聆聽，一邊打電話給最資深的志工葛蕾蒂絲，請她趕緊前往關懷。

葛蕾蒂絲上門探視，並告訴她，「我看過更多比你還要嚴重的人，你的病並沒有你所想像的那麼糟糕，你放心，我們會讓你動起來的。」

「不過是說說而已吧！」恬貝尼心想。

然而不多久，葛蕾蒂絲再度前來，並帶來一輛輪椅，讓恬貝尼可以在家自由行動。這群祖魯姊妹輪流陪她復健，從輪椅到助行器、拐杖，一直到她能自由行走，整整兩年的時間，在志工的鼓勵以及協助復健下，恬貝尼站起來了，甚至走得比以前更穩，無論是身或心。

「葛蕾蒂絲第一次到我家來的時候，毫無遲疑就給我一個很大很深的擁抱。」緊實擁抱，無畏的撫摸，這是恬貝尼差點要遺忘的溫度，也讓她想棄世的心重新跳動起來。

恬貝尼滿心溫暖，卻不禁想：「這個人究竟有什麼毛病啊？」

「當愈來愈多志工來看我，他們都跟葛蕾蒂絲一樣，一見面就給我一個擁抱，聊天時也一直拉著我的手，我知道她們是眞心的。」

於是，等到可以自由行走時，她決定要投入這群姊妹的行列中。

人體免疫系統被愛滋病毒破壞後，會產生許多併發症，其中最常見的就是肺結核。許多愛滋患者不願承認自己感染愛滋病，對外堅稱自己只是得到肺結核。但是恬貝尼卻選擇站出來，以一名愛滋病患者的姿態，抬頭挺胸地走入人群，並參與照顧愛滋病患者。

有次，她們去關懷一位僅三十多歲的婦人，見她雙頰凹瘦、骨瘦如柴，了無生氣地躺在床上，志工們無須多言，即明白她是愛滋病患者。

她們很有默契地分工合作——有人裝來一盆水，有人找來幾條毛巾，有人戴上手套，以輕柔的動作爲婦人褪去衣物淨身。恬貝尼表示，長期臥床的愛滋病患，身體肌肉與關節都很僵硬，爲病患擦拭時，她們的手在動作，眼睛也不忘觀察對方的表情。

每次婦人眉頭一皺，大家就彼此輕聲叮嚀：「再輕一些、再溫柔一點，慢慢來。」

深入社區照顧愛滋病患，常得跪在骯髒的地板上，爲患者擦拭身體，往往一次淨身就要耗去數小時，髒水一盆盆換，惡臭撲鼻而來，她們卻不將這些污濁放在心上，「看到他們乾乾淨淨的臉上露出一抹笑意，這就是對我們最大的回饋。」

除了爲患者淨身與打掃家裏，恬貝尼也不避諱以自己的故事，鼓勵同病相憐的人，勇敢活出生命的精彩，她常告訴大家：「罹患愛滋病沒什麼大不了，我也是愛滋病患，可是我把人生過得很有意義而且很快樂！」

看著這些文字敘述，或許你會以爲恬貝尼的病不嚴重，但實際上訪談的這一天，她才剛從醫院回來，醫師說她的淋巴球指數只有一百四十。見她行

TZU-CHI
Catherine Ngidi
Durban

走緩慢、說話虛弱，一開始我要她好好休息，擇日再訪，她卻說：「沒關係，坐著談，我可以的。」

從最難啓齒的受暴經過，到遭受排擠、經歷求死的念頭，我彷彿能看見她血淋淋的心，橫躺在我眼前。要講出這一些是多麼不容易，但是她撐著虛弱的身子，鉅細靡遺地述說著。

「我想要讓你知道，大家給我的愛，已經讓我戰勝一切悲苦。」恬貝尼再度給我一個溫柔的微笑。她是我第一個遇見的愛滋病患，也扭轉我對愛滋病患的刻板印象，她好美。

離去前，她給我一個擁抱，在微涼的山丘上，我從她身上感受到暖意，不僅僅是體溫而已……

透過志工的帶領，我不再那麼畏懼愛滋病患者。親愛的，你是否曾經為自己的無知而感到可悲呢？我有。

凱瑟琳為長期臥床的愛滋病患按摩，身為傳教士的她相信，神要她愛人，絕對不是口號說說而已，還得付諸行動。

北門近來極力推廣觀光——這大概是沒落鄉村唯一能夠改變消失命運的途徑，那座白色教堂，如今成爲觀光客最喜愛的景點之一，不少新人選擇在那裏拍攝婚紗照。但我之前卻有些畏懼那裏。

以前教堂還有附設幼稚園的時候，我曾在那裏短暫就讀幾週，當時教堂旁的免費診所已經廢棄多年，大門以簡單的鎖頭扣緊，像一道無名的封印。再加上長條型的建築讓光線難以遍布進入，即使將臉貼在窗戶上，也看不清晦暗室內的景象。於是過往烏腳病的片段，被編織爲不可靠的傳說，在孩子間流傳開來。

「聽說那裏面有很多被鋸掉的腳喔！黑色的腳白天泡在水裏面，晚上會走出來……」對免費診所的畏懼就這樣持續到我出社會，直到二〇〇七年，王金河醫師把自家診所捐出作爲「臺灣烏腳病醫療紀念館」，教堂旁的免費診所也重新整頓，歷史再一次以眞實的面貌呈現眼前，我才明白原來它曾經如此護衛著北門的鄉親，而我長年來卻視它爲鬼魅。

在南非，這種因爲無知而感到的慚愧，又再一次地進駐心中。前往南非之前，我閱覽大量資料，其中不良的治安與遍行的愛滋病最讓人耿耿於懷。

這位愛滋病患年僅二十出頭，見她緩緩朝我們走來，祖魯族婦女志工紛紛發出驚呼，趕緊下車奔向她。「她已經臥床好幾個月了，沒想到竟然有體力走出家門！」

剛抵達南非機場時，趁著領行李的等待時間，我決定先去一趟洗手間。一進到廁所發現全是坐式馬桶，內心萬般掙扎，「如果之前上廁所的人是愛滋病患，那我再坐上去會不會被傳染？」

明知愛滋病傳染途徑，是透過血液與體液傳染，但因爲從未實際接觸過愛滋病患，內心仍然懷有可笑的恐懼。

初見恬貝尼那天，她微笑走向我，我也毫不遲疑地踏前一步，伸手擁抱她。當她敘述患病經過、身體與心理所受的煎熬，一開始還強忍著淚，直到我握著她的手，她的淚水便順勢滴在我的手臂上。

翌日，與潘明水一同用早餐，談起恬貝尼，他突然問我一句：「你認爲愛滋病可怕嗎？」是啊，我原以爲我會害怕、避之唯恐不及，但是擁抱她的當下，我的無知卻顯得好可悲。

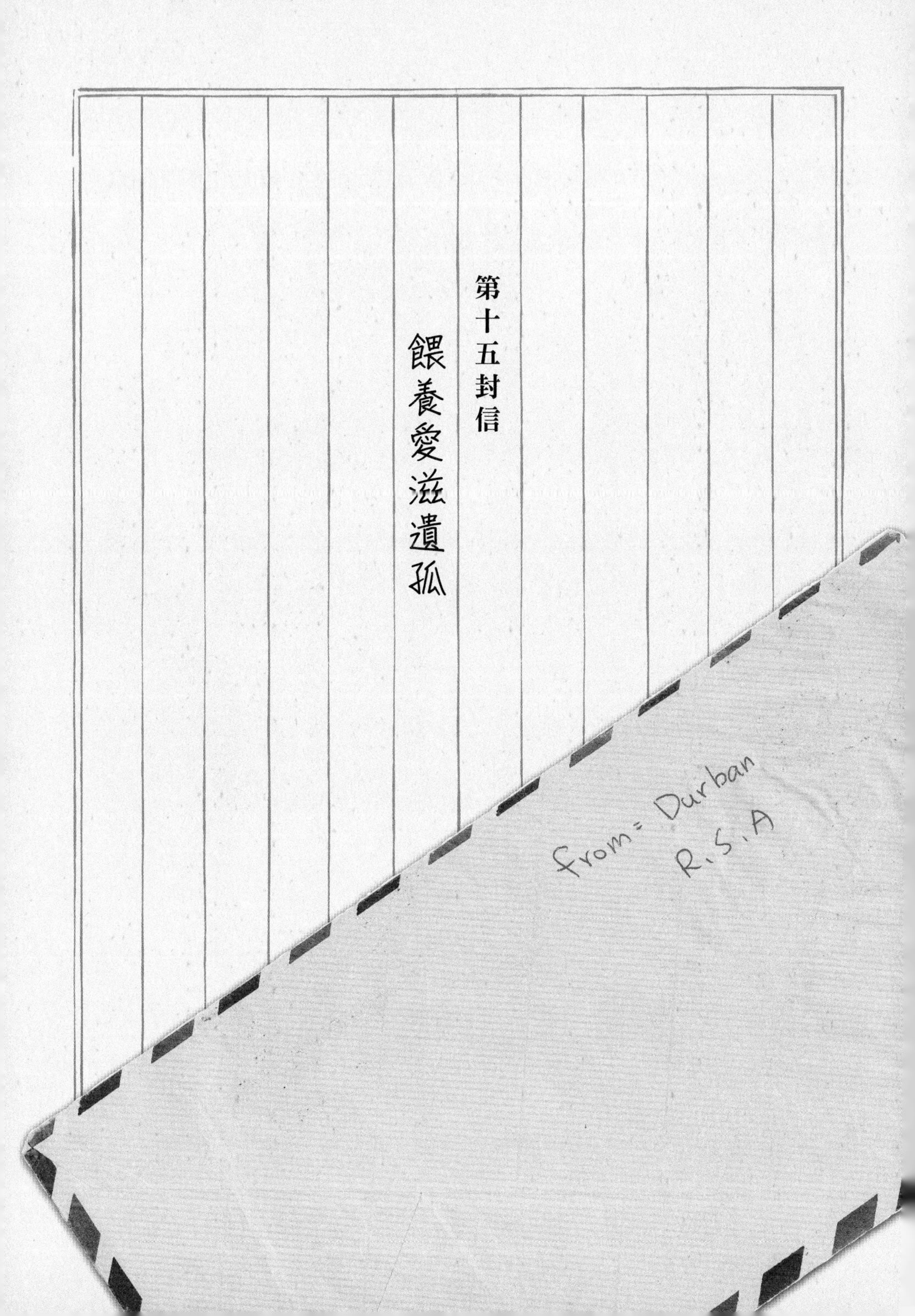

第十五封信

餵養愛滋遺孤

親愛的：

二〇一三年元旦，新北市政府推出「幸福保衛站」救飢童政策，提供家中突遭變故的十八歲以下學童到四大超商免費取餐，短短半年就嘉惠七千人。不僅如此，政府留下取餐學生的聯絡資料，納入高風險家庭服務網路，必要時社會局與社工會前往評估並提供助援。

在其他縣市尚未跟進，正觀望考察之際，民間已迫不及待、用自己的方式興起「待用餐」的熱潮。

或許你會問，待用餐是什麼呢？這是一種讓客人預付餐費，無償提供給有需要者享用的愛心付出。

三月初，新北市出現全國首家待用麵攤，短短半年，待用愛心蔓延全臺，已經有五百間商家響應，提供的餐點以熱食、便當爲主。有別於幸福保衛站的篩選機制，待用餐無須登記或提出證明，只要到愛心商店提出需求，就可以享受一頓熱騰騰的食物，爲無家可歸的遊民、弱勢者提供一分溫飽。

其實待用餐在國外行之有年，起源於義大利那不勒斯的「待用咖啡」，

德本地區，許多社區廚房會集結一群婦女，煮飯、盛飯、舀菜，動作又快又謹慎，希望別讓等著這頓午飯的孤兒們久候。

由民衆在咖啡館預購咖啡，提供給付不起錢的人享用，這種新式的助人方法在全球興起一股旋風。根據熱心網友的調查，臺灣在這方面不僅是最多、最密集，而且提供的大多是熱食，更貼近弱勢者所需。

供餐給弱勢族群在臺灣已然成爲一股新流行趨勢，但你知道嗎？南非早在五年前，就有一群婦女建立了一百二十個居家餵食站，無償供給愛滋遺孤享用。

恬貝尼家就是其中一個餵食站。

與美麗的恬貝尼分開後兩天，我們在近午時分再度驅車前往她家。這回再見到她，或許是藥物已發揮作用，她的精神明顯好轉，氣色紅潤地在廚房忙碌著。

正午十二點還沒到，已經有二、三十個從學校放學的孩子，揹著書包走到她家。孩子們在她家門前卸下書包，自動自發走到一旁以清水淨手，然後乖乖地坐在門外幾張散落的椅子上等待。

不一會兒，恬貝尼就和鄰居從廚房提出兩只大鋁鍋，一鍋是白飯，另一鍋是蔬菜湯。

看著孩子們一口接一口地把白飯混著蔬菜湯吞下肚，恬貝尼一邊叮嚀他們細嚼慢嚥，一邊替他們盛裝果汁遞上。「這群孩子都是我們村子裏的愛滋遺孤。」

身爲一名擁有小孩的愛滋病患，恬貝尼比一般人更擔憂孩子的未來——在她死去之後。

好幾年前，南非曾舉辦一場爲期三天的「關於孤兒及受愛滋病毒和愛滋病影響的孩子」大會，社會發展部部長佐拉．司奎威亞（Zola Slweyiya）表示，南非八個孩子中就有一位是孤兒。二〇一〇年，南非愛滋孤兒人數高達兩百萬人，數字隨著年月持續向上攀升。

愛滋潛伏期短至幾個月，長達十幾年，可怕的潛伏期讓夫妻間只要有一人罹患愛滋病，另一半大多難逃患病命運，投入死神懷抱只是早晚而已。「在我們往生之後，若親戚好心便會幫忙收養，可是大家都窮，多一張嘴吃飯，對經濟的負擔實在太大。」恬貝尼分析，南非社會福利其中一項，是每個月針對孤兒給予生活補助，「這筆錢往往被收養人拿來作爲其他花費，村莊中到處都可以看見流浪街頭、餓著肚子的小孩。」

一開始，孩子們總是狼吞虎嚥；現在知道絕對有得吃，甚至可以再來一碗，就能安心地享用了。

來到另一個村莊，和恬貝尼一樣提供住家作爲餵食站的迪薇卡．賈瓦拉（Divika Jwala），談起遺孤問題，更是滔滔不絕，「許多孩子或許有安身之處，但肚皮溫飽大多仍得靠自己想辦法。德本是南非第一大貿易港，也是南半球最繁忙的港口之一，孤兒大多會到城裏乞討，或是做些簡易的服務工作，賺取微薄收入。」

「更逼不得已的，只好行搶。」迪薇卡至今仍對鄰居那個可愛的男孩感到惋惜，「父母往生後，沒有一位親戚肯收容他，他餓壞了，只好去偷竊，後來被失主毒打至死。」

「看了捨不得又能如何？大家都太窮，有心無力呀！」迪薇卡說話的同時，正舀起一大湯匙的醬汁淋在飯上，並將配置好的食物，一盤盤端給屋外的五十名孩子享用。

迪薇卡並不富有，每個月僅靠政府給予的一千多斐鍰老人年金過活，但是自五年前開始，她每日供養五十個孩子午餐，「麥可告訴我們，這些都是我們的家人，必須要去幫他們。」

愛滋病患關懷進行到一個段落，潘明水發現嚴重的孤兒問題，於是提出餵養愛滋遺孤計畫，但是他也坦白地告訴祖魯族志工，他毫無任何資源可以提供他們放手去進行。

志工們無奈地問他：「我們那麼窮，怎麼有能力去餵養孤兒？」

「手和腳就是上帝給予你們的最好資源，而南非空曠的土地，就是你們的工具。」潘明水誠懇地說。

南非雨水少，地多乾旱，全國耕地只占總面積的百分之十二，但也由於長年無耕，土地中涵藏豐沛養分，只要有錢買得起菜苗，並克服取水問題，就能有不錯的收成。

志工在潘明水的資助下買了一些菜苗，住家有水龍頭或是附近有水井，就無須擔憂水的問題，缺乏灌溉資源的地區，每日得耗費半小時以上路程到池塘取水，或以種植旱作為主。

這群祖魯女人開始在住家旁的空地，闢墾出一塊塊綠意，一百二十多處的人愛菜園，綠化出一畝畝滋養孤兒的糧倉。

凱瑟琳・恩吉蒂（Catherine Ngidi）的家位於山坡下，順著雨後一道細涓的流水往下走，兩房一戶就在眼前，屋前那一片開闊的庭院，還聳立著一棵枝葉茂密的大樹。

午後兩點，小至兩歲，大至十六歲的孩子，從四面八方的山坡聚集前來，井然有序地坐在樹蔭下，等著凱瑟琳分送一盤盤的食物。

孩子們安安靜靜、很有秩序地用著餐，其中一個孩子不小心打翻飯盤，慌張地將地上的飯粒撈回盤裏，雙眼盡是驚恐。凱瑟琳重新盛滿一盤飯遞給他，輕撫著他的雙頰說：「沒關係、沒關係，別擔心。」

「他們害怕，是因爲這一餐很可能是這天唯一的一餐。」凱瑟琳不捨地嘆口氣。

「這個女孩的父母都不在了，那個瘦瘦高高的男孩，從小沒有父親，母親一年前愛滋病往生了……」凱瑟琳細數著每一個孩子的故事，卻沒有一個故事能夠帶來快樂。

最小的兩歲孩子，是凱瑟琳從嬰兒時期照顧到大的。孩子出生前，母親就已經確診罹患愛滋病，耗盡氣力的生產，讓她虛弱得下不了床，「第一次家訪時，她躺在地板上，空蕩蕩的家連張床都沒有，孩子也可憐，媽媽根本沒有充足的奶水餵他……」

不久母親往生，凱瑟琳把嬰兒接回家，呵護如自己的孩子。

對於家境普遍不豐的志工，餵養孤兒肩頭責任已經很重，像凱瑟琳這樣進一步收養孤兒的人卻不少。這會是負擔嗎？凱瑟琳搖搖頭說：「若現在任由他們流浪，未來他們就是社會的負擔。」

愛滋病為南非敲響一記嗡鳴綿延的喪鐘，卻非全然悲傷。恬貝尼表示，能夠因此認識這群祖魯姊妹，和她們一起投入照顧社區的善行，是上天給她最珍貴的禮物，「感謝神，將這分美麗的愛帶到我們身邊。」

目前德本祖魯族志工餵養的孤兒約五千多位，沒有一個肯定的數據，是因為每一天受助兒童都在增加中，志工一戶一戶找出需要幫助的孩子。然而

需要幫助的孩子太多，菜園依季節變化收成並不穩定，遇到突如其來的大雨或冰雹，志工們就得向店家募集愛心。

相較於臺灣待用餐店一間間地投入愛心連結，民眾捐餐供過於求，待用餐店甚至得將一部分的錢捐給社會福利機構，南非的情況則截然不同。

迪薇卡每週都要花三、四天到商店街勸募食材與經費，但這並不容易，成功率只有三成，「被轟出來或是冷嘲熱諷的經驗太多了，常常我都是抱著緊張又期待的心踏進店裏，最後流著眼淚出來。」

「但是我從未氣餒，每一回看到孩子們大口大口地吃下餐點，那飽足的笑容，讓我覺得一切都值得了。」迪薇卡說。

祖魯族志工克難地維持熱食供應，將近三年的時間，未曾想過要放棄，潘明水雖然不捨，卻也無可奈何。

如此難行能行的情景，在二〇一〇年底全球慈濟人聚會活動中，透過潘明水的報告，受到各國志工的注目，美國慈濟總會執行長葛濟捨腦中馬上規畫出藍圖，他表示：「美國資源相較之下比較豐富，不如我回去籌組一個非洲基金。」

「這個基金就叫『五元的力量（The Power of Five）』。」葛濟捨表示，Power原意是力量，但也有多次方的意思，power of five可解讀爲「五元可以放大到無量的力量」。一個月捐款五元美金，對經濟相對富裕的美國人來說，不過是一筆銅板零花，但對南非的孤兒而言，等同於一個月的溫飽保障。

「五元的力量」在美國慈濟志工奔走下，短短兩年就有四十萬美金的豐碩成果。

「我們決定先改善供食地點的問題。」潘明水說，供食通常都在志工家門前，往往遇到下雨或是嚴寒天候，孩子們吃下去的食物都還沒來得及提供熱能，就已經被雨水與低溫潑得一身冷。

「目前德本地區已經建設三個社區中心。」我對潘明水口中的社區中心充滿期待，但就如同裁縫班所帶給我的落差，社區中心只不過是一個三十坪大小，內有一間儲藏室與一間小廚房，再加上幾把椅子的冷清屋子而已。

「能夠遮風蔽雨，我們就很滿足了。」那天走訪三處社區中心，每一個祖魯族志工看到我，都打從內心說著這句話。

「有這筆非洲基金，米飯供應源源不絕，也讓我們輕鬆許多，只要想辦

志工不僅挑選品質不錯的蔬果，還會多花點時間和商家議價。我發現大多的商家都會給她們優惠的價格。

法把菜種好，或是去勸募蔬菜來當配餐就可以。」潘明水笑瞇瞇地說，未來希望能成立至少十來間社區中心，「這樣能照顧到的地方就會愈來愈廣。」

潘明水希望能照養更多的兒童，他的心願很大嗎？倒不如說需求就是有這麼多。

我們在德本的臨時住所處於住宅區內，連續幾日進出，隔壁人家掛在大門旁的招牌吸引我的目光。上面寫著「安全避風港嬰兒之家」。幾經詢問，才知道原來這是一處嬰兒中心，收容的都是棄嬰。一日下午從鄉間回來得早，我們臨時起意走到隔壁按電鈴，幫我們開門的婦人琳達（Linda）熱情地邀我們進去喝杯午茶。

坐落在住宅區的嬰兒之家，簡潔明亮又乾淨，占地至少有五、六十坪，室內放著許多的學前玩具，就像是一間設備完善的大嬰兒房。我抱起幾個孩子，都沈甸甸的，相當精實、有分量，且打理得很乾淨。

琳達告訴我們，這是一所由教會創辦的嬰兒中心，自二〇〇四年起開始接收孤兒，大多是由政府的社工所帶來，背景不一，有的是父母養不起主動帶去社會局，有的是受到家庭暴力而被社工人員強制帶離，最多的是父母因愛滋病雙亡，而不得不流落街頭乞討的愛滋遺孤。

雖然說孩子們離開父母，或許終其一生都不會再見面，但看著嬰兒之家的孩子，我覺得他們的命運走到如此，反而幸福。

他們幸運，不只是因爲環境良善，且還有機會重獲家庭生活。工作人員層層過濾，審慎評估申請的家庭，直到通過認可考驗，才能領養小孩。

琳達表示，一般領養的家庭會先被調查背景與經濟能力，並經過兩年的「學習」課程，「這裏的孩子大多是黑人，領養人大多來自國外，因此要學習如何照顧他們的皮膚、如何護理微捲粗硬的頭髮等，很多事情要學。」

而最後一關同時也是最重要的考驗，就是看孩子與他們的緣分了。有一回，琳達抱一個孩子與領養人見面，沒想到一路上連吭一聲都沒有的孩子，一見到領養人卻馬上號啕大哭，「我們只能將孩子再抱回來。」

小孩一到領養家庭後，嬰兒之家不能主動詢問孩子的狀況，但琳達欣慰

BUDDHIST TZU CHI FOU
ATION TAIWAN

地打開辦公桌右下角的抽屜，裏頭滿是領養人寄來的信件與照片。

「曾有一對丹麥夫妻，在間隔兩年之後，又回到嬰兒之家，領養另一個小孩。他們帶著第一個領養的孩子來，從孩子的神情看得出他過得很開心，互動間也能夠見證親情的氛圍，我沒有多問，就知道他過得很好。」琳達的表情瞬間轉爲繽紛的笑顏，「你能想像嗎？一個黑人孩子在講丹麥話，這是多麼奇妙的一件事啊！」

嬰兒之家的故事是溫馨的，也是美好的，無奈的是，能夠如此幸運的孩子並不多。

政府規定，嬰兒之家無論空間大小或是工作人員多寡，最多只能收容六名孩子。目前，德本立法有案的嬰兒之家只有七所，幸運機會只有四十二名，對比廣大的孤兒人口，機率只能用渺茫二字形容。

「如果我們沒有缺額，社工就會將孩子送到孤兒院。」琳達告訴我們，孩子一旦被送進孤兒院，就再也沒有機會來到嬰兒之家，「他們一到十八歲就得離開孤兒院，也不會有人替他們找收養家庭。」

嬰兒之家的幸福，僅能提供少數幸運兒；鄉間供食點的克難，卻能普遍

慈濟社區中心空間不大，但每到中午都有一、兩百位孤兒，前來用餐。（上頁圖）

不管是在戶外或室內用餐，志工對用餐禮儀的重視，也贏得孩子們的循規蹈矩。

給予需要的人。這讓我想起嘉義縣阿里山鄉十字社區發展協會理事長戴惠施曾說過這麼一句話：「政府的資源有限，民間的力量無窮。」

第十六封信

祖魯女人

from: Durban
R.S.A

親愛的：

如果有人問我最佩服的人是誰，我會說是你。

記得大學三年級剛開學，寢室裏三個室友在討論就學貸款。「就學貸款可以貸多少？」「什麼！連生活費也可以申請？」「只有特定銀行可以辦嗎？」……諸多疑問出自我的口中，直到室友驚訝地說：「你難道沒有辦過嗎？」我才得知，原來班上大部分的人都有申請就學貸款。

好多思緒湧入我的腦中，那些日子裏，無論是在課堂或是在吃飯，我總是想著你。

尚未上小學時，這個家的責任突然全落在你身上。一個女人靠著在鄉村經營一間中藥房養育兩個孩子，我從沒有在跟你拿班費、學費、補習費時，看到你有一絲遲疑或爲難；你從未讓我們在生活感受到與其他孩子不同，你給我們的愛，讓我們有足夠的能量再去愛別人。

臺灣醫療普及，加上健保制度完善，特別又是在一個人口嚴重外流的小鄉村，像我們家這樣的中藥房很難經營。你是怎麼辦到的呢？長大之後，我的心神才終於從同儕分一些出來轉移至你身上。我跟你要隨身聽、CD音響，你二話不說買給我，但面對一只因爲忘記關火而燒得焦黑的不銹鋼鍋，你寧願花上半天，氣喘吁吁地又洗又刷，直到晶亮如新才肯罷手。

你鼓勵我一定要參加春季旅行、畢業旅行，或是跟朋友的小旅遊，可是你自己除了中藥公會招待的國內旅遊外，從未出過國。

從小，我就是看著你堅毅又獨立的背影長大。隨著年歲增長，遇過各式各樣的人，許多讓我覺得堅毅得不可思議的人，通常都是女人。

曾跟朋友討論過這個問題，朋友的一段話引人省思，他說：「爲什麼只有女人才能懷孕？因爲只有女人可以忍受如此劇烈的疼痛而不會死去。」

我不知道這個說法是否有醫學根據，但在生活上，女人確實是很偉大的生物。

二〇一一年三月，芮氏規模九點零強震撼動東日本，在浪高十幾尺的大海嘯襲擊下，引發核電廠核能洩漏危機，此複合式災情是當年世界最大災難，我也因此奉派前往日本採訪。

採訪期間遇到一群「娘子軍」，她們來自臺灣，年紀與你相仿，到日本常住的原因，部分是因爲工作，大多則因嫁爲人婦。在日本的社會裏，貌似一群平凡的主婦，卻在如此大難中承擔起要角，不僅在第一時間備妥食材、飲水、瓦斯，甚至鍋碗瓢盆，並設法以人力接龍方式，購足限制配給的汽油，一路往避難所挺進，兩天共烹煮一千八百份熱食。

她們也深入災區進行物資發放，遇上道路被倒塌的樓房阻擋去路，或因柏油路面扭曲變形，大貨車進不去，她們就下車將十噸物資以接龍方式，一箱箱分裝在另外三部小卡車上，抵達後又一箱箱地扛下車，又上又下的，平均每個人手上至少都接過四十噸的物資！

她們以大丈夫的姿態，扛起萬噸物資發放，也長期進駐災區，以柔軟的女人心，協助壓抑的心靈釋放悲傷。

回臺後，我以「朝顏花」爲題撰文，因爲我再也找不出可以作爲這群娘子軍的表徵。朝顏花，你聽來或許陌生，其實在北門到處都可以看得到，就是一朵朵攀附在廢牆與屋頂上的紫色喇叭花，我們稱它牽牛花。

日本的受災鄉親們前往避難所、入住組合屋，甚至到外地租屋，耐心等候重建復甦，在這些臨時居住地的小小庭院中，許多人灑下「朝顏花」的種

祖魯族婦女習慣把重物頂在頭上，有些人甚至不需要手扶也能穩當地行走，簡直像在表演特技！

子。一位居民說，此花慣在朝陽初升時綻露美麗，因得美名，災後人人栽下它，願如它一般，能在旭日的沐浴下，展露重生的曙光。

我不愛玫瑰，也不好百合，牽牛花一直以來都是我最喜歡的花。每到國外，我就想在路邊尋找她們的芳蹤。不知道是因爲氣候還是地理因素，在南非始終遍尋不著。

在德本採訪進入尾聲之際，我才發現其實牽牛花一直圍繞身邊，就是這群祖魯族女人，她們的堅強與韌性一如日本的娘子軍。她們在社區做的，不僅是關懷貧戶、照顧愛滋病患者以及供食給孤兒，連男人都不敢貿然行動的問題，也都一一地處理解決。

在一個陽光燦爛、天空湛藍的早晨，潘明水帶我們來到祖魯族志工鐸拉蕾·姆奇瑞（Tolakele Mkhize）住的村莊。我和這位七十三歲的奶奶，在大樹下覓得一絲沁涼，嘖嘖稱奇地讚歎眼前幾名婦女在頭上頂著一桶清水，即使在行動間也不灑出半滴，另一旁則傳來幾個黑人小孩的遊樂嘻笑，在這裏我感受到完全的平靜。

「幾年前，你恐怕不敢踏入我們村莊。」鐸拉蕾溫柔地笑著對我說。新政府成立前後幾年，各部族間因爲政治征戰不斷，很多村莊在一夜之間付之一炬。「那是最黑暗的一個時期，比種族隔離政策還令人傷心。」鐸拉蕾表示，她所居住的這個村落，曾是德本最危險也最複雜的部落，村莊被一座叢林畫分南北，人們的心也被兩個政黨區隔開來。

「當時我們這邊的人過去另一邊就會被殺掉，他們的人過來也是相同命運。」歲月與生活的磨難在鐸拉蕾平滑的臉上刻出一道道紋路，其中一道是來自她的外孫。

在村莊未被畫分爲二時，她的外孫與另一邊的女孩相識相戀，並決定走入婚姻。戰爭開打後，女孩擔心家人，冒著生命危險返回樹林那一頭探視，鐸拉蕾的外孫苦等數日，不見妻子的身影也無從聯絡，擔心她遭遇不測，決定鋌而走險。

「從此，他再也沒有回來過，那一年他才二十八歲。」喪親的悲慟讓鐸

在祖魯族文化中，婦女若穿褲子外出，會被處刑。剛開始，志工依循傳統，穿白色長裙去訪貧；如今，祖魯男人已默許她們穿慈濟制服時，可以穿長褲。

拉蕾意識到，自己不是一名以善行爲己任的志工嗎？常對別人講大愛、談包容，但怎麼連自己居住的村莊都無法使其和平相處？

沒有多加思考，她說服同村另一位志工咪妮・恩勾伯（Mini Ngcobo）穿過樹林，向另一頭勸和。

咪妮在鐸拉蕾述說的同時，信步朝我們走來。她圓潤的臉龐滿是溫和笑意，跟我想像中的社區領袖夫人，應是威嚴模樣落差頗大。

鐸拉蕾的想法很快獲得咪妮的大力支持，「怕先生會反對，我根本不敢告訴他，只說要出去辦點事。」鐸拉蕾與咪妮的行動完全沒有計畫，憑靠的只是那一念善心，以及身上那套藍色上衣與白長褲。

藍衣白褲，慈濟志工又稱它是「藍天白雲」。這一套服裝代表的意涵，是希望志工有藍天般的寬闊胸襟，白雲般的潔淨作爲，但對鐸拉蕾與咪妮來說，卻有更深的意義，「這套衣服賦予我們最強的能量與勇氣。」無以名狀的畏懼，在他們胃裏慢慢散去，心臟也不再用力敲擊。

鐸拉蕾與咪妮牽起彼此的手，以堅定的腳步橫跨樹林，走到另一頭村落，「我們是來求和的。」她們開口說。

惡言惡語自空中射擊而來，武器也要朝她們身上揮下，她們仍平心靜氣地表達心意：「我們相互殘殺的時間已經夠久了，這十幾年來，已經造成難以計數的孤兒、寡婦以及可憐的殘兵，你們也有家人遭遇到這樣的痛苦吧？讓我們放下武器，關心彼此，好嗎？」

當日的一番言語，撼動人心；她們安返村落後，也對自己部族的人講述相同的話。

身為社區領袖，咪妮的丈夫一聽到她們的行徑，嚇得倒抽了口氣，「我們男人都不敢過去，你們女人家怎麼敢做這種事？」

就這樣，鐸拉蕾與咪妮運用智慧，不斷地居中協調，「當慈濟要發放物資讓窮人安度冬日時，我帶了幾名部落族人，親自將物資獻給他們。」鐸拉蕾笑說，再加上咪妮社區領袖夫人的特殊身分，幾次助援下，對方的心終於被這分溫情給暖化，也開始對他們的村落示好。

如今，鐸拉蕾與咪妮這邊的人要到巴士站搭車，可以直接穿越鄰村，無須刻意繞路，而另一頭的人也能提著水桶，來這兒汲水。甚至隨著人口增加，兩村之間的樹林被剷平，平房與人們的足跡取而代之。

自稱「勇士」的祖魯族男人，壓根兒也沒想到，如此艱困的和平任務，竟由兩個女人做到了！

鐸拉蕾與咪妮令人感佩的，不僅是以女人之姿化解干戈，更因為她們突破祖魯族女人的桎梏。在祖魯族的部落定位中，男尊女卑的生活形態，至今仍如日升日落般，亙久不變。

鐸拉蕾永遠都記得，當她第一次站在人群中發表想法時，男人掄起拳頭、提起武器，對她咆哮：「女人就該閉上嘴，別自以為聰明！」

這就是祖魯族的女人，在部族間連說話的餘地都沒有。女性沒有立場、沒有地位，對生活在男女不等社會裏的我們來說，已經很難認同了，而這裏婦女承受的命運不僅如此，甚至得承受不人性的暴力對待。

志工布蘭達輕柔地對我述說她的痛苦回憶——遭受七名歹徒輪暴這件事，讓她有好幾年的時間將心封鎖，並仇恨社會的醜陋。

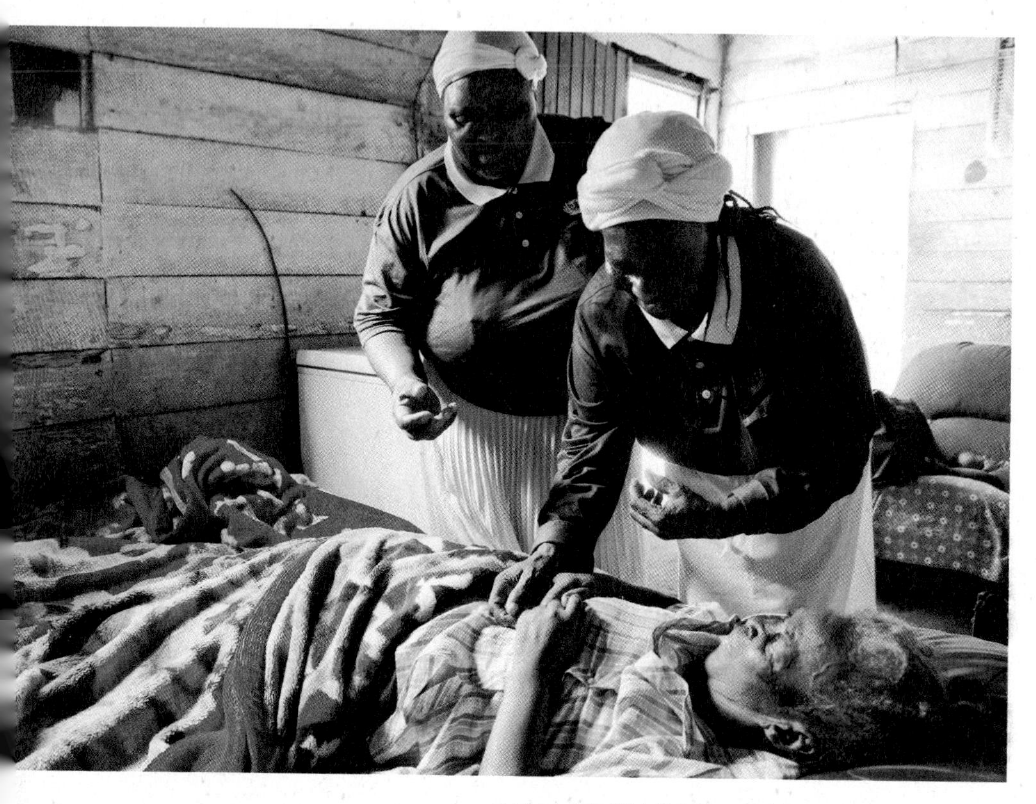

咪妮(左)與鐸拉蕾是訪視關懷貧戶的好夥伴,常見她們形影不離。

有天，布蘭達聽見屋外傳來女孩的哭聲，原來是鄰居莉莉哭紅雙眼，舉步維艱，「她告訴我，上學途中有一個男人在校門口等著她，並對她做出那樣的事情，這已經不是第一次了，還有另一個繈褓中的嬰兒也受害。」

「莉莉因為這樣的創傷，造成永久性的精神傷害，她的母親知道後很生氣，卻又擔心事情傳出去，外界的異樣眼光會對莉莉的未來造成影響。」說著說著，布蘭達的眼淚流了下來。

「社會觀感總是對女性不公平，為何明明是受害者，卻得接受他人的指指點點以及冷言笑罵呢？」布蘭達的眼淚是為了莉莉，也是為以前的自己，「受害為何還要咬牙認栽？」

扭曲的社會價值觀，布蘭達不能接受，她決定說服莉莉的母親，聯合受害女孩的家庭，將男子送到警局，交由法律制裁。

這個過程讓布蘭達堅信，女人不該天生被賦予卑微的角色，也不該自認地位低落。

她勇敢地站出來，成立性侵防禦婦女團體，結合相關遭遇的婦女，彼此加油鼓勵，撻伐性暴力者。「女人要堅強起來保護自己，並試著站出來做對的事情。」面對長久以來的部族傳統，她們選擇抬頭挺胸地活著，以行動獲得尊嚴。

傳統上，祖魯族男人是一家之主，承擔起家庭經濟責任。早年，他們出外捕獵，交易獵物換取家庭所需；隨著叢林逐漸消失，工商世界破壞原本的自給自足，男人只好放下獵槍，以勞力換取工作機會，但低廉的工資、酒精的誘惑，往往讓家庭經濟入不敷出。

貧窮，是南非社會最根本的問題之一。這群祖魯族志工同樣來自貧窮，卻關注每一個社區的角落，用厚實的雙手溫暖著需要他們的人。

莉莉的雙親往生後，布蘭達將莉莉接回家照顧，「我要當她的媽媽，保護她不再受到這樣的傷害。」布蘭達照顧的不只是莉莉，她還每日定時供餐給附近的愛滋遺孤。

當她這樣決定時，許多人訝異並不可置信，「壓力確實很大，畢竟我也不知道富有是什麼，我只知道必須幫助這些可憐的孩子。」

另一個與她有志一同的志工辛西亞，再窮再苦也堅持幫助每個沒有飯吃的孩子。

來到辛西亞的家，門前有座微微隆起的小丘，那是她先生的墳墓，卻連塊墓碑都沒有。「墓碑對這樣的人家來說，是多麼昂貴的東西，你知道嗎？」潘明水在我身邊說著。

辛西亞靠著清潔垃圾維生，每週只有六十斐鍰的收入。走進她家那天，太陽熾熱，陽光從屋頂細縫灑落進來，照亮這僅有五坪大的狹小空間。冰箱內，只有一顆蛋、一小條麵包以及自己種的幾條小胡蘿蔔。但貧困的辛西亞除了養育自己的三個小孩、七名無家可歸的孤兒，每天還要爲三百五十位愛滋遺孤準備餐點。

問她何以要照顧這些孩子？辛西亞持著慣有的和藹笑容說：「我的菜園收成很不錯呢！這兒的土質很好，雖然雨後會有蝗蟲來吃菜苗，但是只要種點芋頭，蝗蟲就只吃芋頭，不會吃其他菜。」她大方分享經驗，對自己的好收成笑得闔不攏嘴，「還有左右鄰居和附近商家也會一起幫忙呀！」

如果依照辛西亞的這番好「手藝」，她大可讓自己的生活過得更好，但是她卻選擇分享，一旁的志工摟著她的肩，講出大家共同的心聲：「女人如果發揮實力，也是很厲害的呢！」

祖魯族的男人，或許可以一肩扛起一個家；但這一群新祖魯女性，卻能扛起無數個支離破碎的家庭。她們直挺挺地站著，堪稱部族的新支柱。

女人啊！論力氣或許是輸給男人，但論耐力，無人可以質疑。

布蘭達、鐸拉蕾、咪妮、辛西亞……這只是祖魯族婦女志工中的幾個名字而已，像她們一樣有心有愛，精神堅韌、富足勇氣的婦女志工，至今超過五千人，遍布在德本各社區。

她們不僅行善國內，也跨足國外，其善行引起聯合國婦女地位委員會注意，這個一九四六年所成立的委員會，致力於確保婦女平等、提升婦女權益。祖魯族志工於二〇一一年受邀參與年度大會，暢談助人經驗。

國際的讚許，是肯定她們突破舊有文化的規範，而在她們活出身為人的價值時，部落對女性的觀感也漸趨不同。在祖魯族的文化中，婦女只能穿裙子，絕不能穿褲子出門，「這是我們的文化，若是穿褲子是會被處刑的。」祖魯族志工說。

投入行善腳步後，她們經常得爬坡或為貧戶清掃，一開始仍依循傳統，身著白色長裙出門。「記得第一次穿上褲子時，大家都還要拿一件衣服或是外套圍在腰上，避免讓人家看見屁股。」最資深的志工葛蕾蒂絲笑說著，語畢即俏皮地轉過身來，扭動屁股跳舞，看來她穿長褲已經穿得很自在了。

「現在族人都知道我們是在做好事，再強硬的男人也默許我們可以穿長褲，但前提是要穿著『藍天白雲』才行，平常還是得穿裙子。」

即使目前部族中仍維持著一夫多妻制，或許男人也仍不碰手家事，但我感受到祖魯族女人在社會中已經不再卑微，有些價值觀正在以無言的靜默悄然改變。

再過幾日，我就要前往下一個城市，與這一群了不起的女人說再見。內心有諸多不捨，這是我最痛恨採訪工作的其中一環，往往與受訪者分別後，或許終其一生就再也見不了面，尤其她們又遠在南非。但即使等到我七老八十，也不會輕易忘記這群女人，因爲只要見了牽牛，就會想起她們。

第十七封信

不上天堂

from: Durban
R.S.A

親愛的：

我們兩個處於不同世代，你說得出口的影星我不認得，我叫得出名字的歌星，你只會覺得那是個年輕小伙子，不值得追隨。但是活躍於一九六〇至一九七〇年代的英國搖滾樂團披頭四，卻雋永地令你我兩個世代陷入不可自拔的深深著迷。

無論是商業性或是文藝性，披頭四都被認爲是樂團史上最偉大、成功的至尊，作品因富涵社會意識深得人心，專輯在全球總銷售超過十億張。你可知道，天上甚至有五顆小行星分別以四名團員的名字以及樂團名稱命名呢！

其中創團團員約翰．藍儂曾因在音樂界的活躍與貢獻，獲得英國女王親自頒發大英帝國最優秀勳章，這是英國受勳及嘉獎制度中的一種騎士勳章，榮耀非凡。

約翰．藍儂曾說過一段話，令我深表贊同。他說：「五歲的時候，媽媽告訴我——快樂是人生的關鍵。上學以後，他們問我長大後的志願、夢想是什麼？我寫下『快樂』，他們說我沒搞清楚題目。我告訴他們，是他們沒搞清楚人生！」

約翰・藍儂出席公衆場合時，總是一副桀傲不馴的模樣，但他這段話卻深獲許多人的認同。

離開德本前夕，我忍不住問每一位認識的祖魯族志工，「你們那麼窮，爲什麼要做那麼多？」

「因爲很快樂。」她們這麼回答。

我沒問他們是否認識約翰・藍儂。可是在這段日子裏，我看見她們確實以「快樂」作爲人生的志願，並徹底地付出行動實踐。

二〇〇九年底，布蘭達生了一場重病，進出醫院多次仍無法找到病灶，最後虛弱得完全無法起身。當潘明水去看她時，看到的是布蘭達無力地躺在地板上，期望能透過地板微涼的溫度，幫助發燒的身軀散熱。

布蘭達看到潘明水，眼淚擦了又流。

（攝影／潘明水）

布蘭達重病期間，仍堅持要出門照顧愛滋病患者，祖魯族婦女志工交替背她同行。聽說也是因為這樣，心情愉悅的布蘭達很快就恢復健康。

「身體很痛苦嗎？」潘明水不捨地問。

蘭達布聞言放聲大哭說：「我不能一直躺在這裏，還有很多孤兒跟病患需要我。」

在那麼痛苦中掙扎，她想到的不是自己，而是平常照顧的那些人該怎麼辦？潘明水趕緊帶布蘭達到醫院，並懇求醫師，「請您好好醫治她，她的生命不是自己的，有很多貧病的人需要她。」

醫師細心地進行全面性檢查，終於確定真正的病因，用對藥物治療，「前幾個月仍虛弱得必須坐輪椅，可是我好想出門做事，於是其他姊妹出門探訪貧戶時，就會來揹我一起去。」布蘭達笑說，她家住在陡坡下，志工們得揹著她爬上陡坡，回家時再小心翼翼地下坡，有時候路不好走，就幾人合力幫她抬輪椅。

布蘭達行善的堅定，我之前在恬貝尼、辛西亞身上，也看到相同的付出決心。潘明水告訴我，祖魯族志工中諸如此類的故事太多了。

一位志工往生前，潘明水前往探望。家人圍繞在側，唱著詩歌祝福她能回到主的懷抱。潘明水坐在床榻旁，在她耳邊輕問：「你記不記得你是證嚴法師的弟子?」志工微笑著，聲音輕細地說：「我記得。」

「那你準備好了嗎?」潘明水再問。

「準備好了。」她回答的同時，也指著潘明水手上的佛珠，他隨即取下為她戴上。

準備好什麼?這個答案無須說出口，他們都能明白，「不能上天堂，要快去快回，再回來當志工，奉獻付出。」

德本有五千多位祖魯族志工，卻不到百人到過臺灣，即使未曾親眼見過證嚴法師，行善的心仍像這位志工一樣，固如磐石。

祖魯族志工多以打零工維生，年紀稍長的則靠政府每個月發給的老年福利金過活，她們窮得一清二白。然而自一九九五年組織起來至今，行善的腳步卻愈走愈遠，二〇一二年三月甚至成立國際志工小組，跨越國界到鄰國史瓦濟蘭與莫三比克，將這分愛奉獻給其他國家的窮人。

國際志工小組由資歷最深的九位祖魯族志工組成，每個月出訪一次，關懷鄰國貧戶，並帶動當地有心人一起投入。此行多了我和攝影記者，車位不足，志工只能縮減成七人。集合出發當天，年紀最小的是四十四歲的布蘭達，其餘六人平均年齡六十五歲，都是能領取政府津貼的老人家。

我們搭的車類似臺灣的九人座廂型車，但更寬更大，可以坐十四人。七位祖魯族志工，加上五位華人志工以及我和攝影記者，一輛車剛剛好，但若是再加上六十包十公斤的白米以及十四個人的隨身行李、爲期四天的糧食與飲用水，那可就不輕鬆了。

我們將六十包白米放在腳下，糧食盡可能放在走道上，由於在史瓦濟蘭是借住當地機構單位，因此還得帶上體積龐大的睡袋與毛毯，幾乎每個人腿上都要放行李，車門才能勉強關得上。

我們一路屈膝至胸膛，路程相當不舒服。而身形普遍圓潤的祖魯族志工就更辛苦了，一個緊貼著一個坐，蜷縮在狹小的車廂內動彈不得。

每到休息站，我們必須先卸下行李，人才可以下來，往往等到全部的人下來就耗去十分鐘，上車亦然。爲避免上、下車耗時，大家幾乎都不太喝水，超過十二小時的車程中，只下車三次，其中一次是吃午餐。

看著大家一個捱一個擠坐，我內心有諸多不捨。華人志工廖玫玲溫和地笑著說：「這已經很幸福了，以前沒這輛車時，坐的可是小貨車呢。」

那輛小貨車前面可坐五人，後面載貨的車身加上帆布蓋也可以坐人。不過，那原是用來載貨，只有鋼板而無軟墊與座椅，短程還好，長時間坐在上面可不是一件輕鬆事。

前兩年，我到泰國採訪水災，路面積水甚深，我們出門不是划船就是以大卡車代步，雖然有積水緩衝行車速度，但一整天下來，全身骨頭都快散了。我還年輕，可是這群志工老媽媽有將近一年的時間，都是抱著膝蓋坐著小貨車到史瓦濟蘭與莫三比克。

這段路程漫長又不輕鬆，單趟就要八百五十公里，卻沒有一個人想要退出或缺席。

在史瓦濟蘭與莫三比克這幾天，擔心影響志工們的任務，我選擇走在隊伍的末端，而走在我前面的幾乎都是碧翠絲·史畢希（Beatrice Sibisi）。在史瓦濟蘭的第一天，我就發現碧翠絲雙腳似乎不等長，右腳明顯比左腳短，總是一走一拖。

直到第三天在莫三比克，金黃的白日轉爲濃濃的黑夜，我終於忍不住在沐浴過後問碧翠絲，她的腳是如何受傷的？

七十歲的碧翠絲就像臺灣鄉下的老人家，皮膚因爲辛勞而黝黑帶有光澤，臉上皺紋又深又長，嶙峋的雙手訴說長年勞動的痕跡。但折磨她的不僅是歲月，還有兩場近乎致命的意外。

二〇〇九年十二月，碧翠絲在回娘家的路上發生車禍，她傷得很嚴重，左腳幾乎整個裂開，右腳更必須靠著無數支的釘子，才能將骨頭連接起來，「就是那時候，變成長短腳的。」碧翠絲撫摸著雙腿，「孩子來醫院看我時都哭得很傷心，我打起精神告訴他們，我一定會健康地走回家。可是他們走後，我就崩潰了，因爲我也沒信心還能再站得起來。」

碧翠絲住院四個月，仍舊無法正常行走，志工們知道她的狀況，紛紛搭車前往探望，潘明水更鼓勵她：「你要意志堅強，不可以告訴自己病倒了、站不起來，你一定要好起來，因爲你的社區需要你。」

漫長的復健一直到二〇一二年，碧翠絲才終於可以不用仰賴輔助工具行走，「平地還行，上下坡就很吃力。」眼見姊妹們開始籌組國際志工，每個月從史瓦濟蘭與莫三比克回來後所分享的見聞，都督促著碧翠絲更努力做復健，「我也想走出去，去做更多事。」

但磨難卻不放過她，二〇一二年八月一樣在返回娘家途中，她又發生翻車意外。這一次傷及頸椎，加上年事已高，醫師也不抱希望。

「我內心深深明白，這一次恐怕再也站不起來了。」失望的沈重重量壓迫著她，即使志工姊妹們輪流來照顧她、關心她，她仍將自己深埋在自怨自艾的洞穴中，除了脖子無法轉動，好不容易復健有了起色的雙腳，也因爲不再復健而逐漸萎縮。

潘明水再也看不下去，他來到碧翠絲家中，這一回從口中吐出的不再是激勵，而是嚴厲，「我們已經走出國際，也一直在等你復健完全。現在看你是要繼續自暴自棄，還是努力復健站起來跟我們走出去。你自己決定！」

碧翠絲年紀已經可以成為我的奶奶，加上雙腳不良於行，卻從未拖慢大家行進的速度。

這一番話讓老人家開始有目標，爲了走出國際，她開始在家人與志工姊妹的協助下做復健，「很痛，脖子像是要扭斷，每走一步，就像有根針狠狠地插入我的脊椎。」

「可是你看，我終於美夢成眞了。」她邊說邊張開雙臂，襯著一臉燦爛的笑容，像是一位獲得奧斯卡獎項的女演員。

「現在走路還會痛嗎？」我問她。這幾日走在她身後，雖然腳步不是很穩，但碧翠絲都沒有拖累大家的進度，也盡可能追上大家的步伐，儘管莫三比克與史瓦濟蘭的土路坑疤，且上、下坡陡峭。

「會，每走一步都痛。」碧翠絲接著說：「上、下坡會疼痛得難以忍受，晚上回來我就很敬佩自己又熬過一天。」

「爲什麼不讓自己休息呢？或許兩個月出來一次？」我建議。

老人乾扁的雙頰向上一提，露出一抹和藹笑意的臉輕輕地左右擺動，「這是我的使命。」

我與碧翠絲談話的當晚，年紀最長的鐸拉蕾，正在忍受發燒不適。

鐸拉蕾會發燒是因為白天受了寒。這日白天，我們預計進入莫三比克的鐵皮屋區，由於道路狹小，大家得步行進入，鐸拉蕾自願留下來看顧車輛。因為我們那輛車與當地的巴士同款車型，很容易成為偷竊的目標。

五月的莫三比克正值秋天，早晚溫差大，白天還有二十八度高溫，等到我們下午五點多走出鐵皮屋區，已經冷得要拿出毛衣套上了。站在車外守候近一整天的的鐸拉蕾，就是因為陡降的氣溫受寒。

當晚，她雖已服下退燒片，但隔日一早，氣色卻更糟，臉色青白，講個話都喘得困難。大家勸她休息，她卻堅持要出門執行任務。

「我看你今天就別出去了。」廖玫玲長期陪伴祖魯族志工，雖是女流之輩，但做事嚴謹，也時常擔起開車接送的要務，深受這群祖魯姊妹的尊敬。

「這怎麼可以？我不是出來休息的，這是我的使命，我必須去完成這份任務。」鐸拉蕾堅持自己絕對不拖累大家。

廖玫玲逼不得已，只好耐心地跟她分析，「你生病了，在密閉的車子裏，若是把病菌傳染給大家怎麼辦？這是你的使命沒錯，但對大家來說也是使命啊！」

鐸拉蕾這才低下頭來，眼瞼輕輕顫動。見她情緒低落，廖玫玲決定給她一個希望。「你早上好好休息，今天中午我們會回來用餐，倘若你身體好一些，下午再跟我們出去好嗎？」

鐸拉蕾虛弱一笑，點頭同意。這才讓一旁祖魯姊妹們鬆了一口氣，並趕緊著裝準備出發。

結束早上的行程，我們在正午十二點準時回到住宿地，門才剛打開，大家還沒來得及脫下鞋子，鐸拉蕾已快步朝我們走來，並給每個人一個紮實擁抱，那力氣一點都不像個正在發燒的人。

鐸拉蕾放開我後，我望著她那大張的眼眸，不因病痛而黯淡，反而充滿光彩。她衝著大家直笑著說：「你們看，我完全好了，等一會兒就可以跟你們一起出門了！」

親愛的，我們都曾發燒過，也明白即使服藥、打針，甚至掛點滴，也無法在短短五個鐘頭內痊癒。難道祖魯族的體質跟我們不同嗎？我想並不是。

路途中，我跟鐸拉蕾分享一個海外國際志工團的口號，「國際志工，就

鐸拉蕾（左三）很善於跟陌生人互動，每到一個新環境，
擁有和藹笑容的她，身邊總是很快就圍著一群人。

是帶著愛去旅行。」

「如果只是帶著愛，不可能會讓我們在病痛中還如此堅定地想繼續執行任務。」鐸拉蕾握著我的手，一步一步地慢慢走，「我們不會輕易放棄，因爲這是我們的使命，這是我們的非洲。」

五千多位祖魯族志工，不僅褪去人們對她們的既定印象——兇殘嗜血，而且還願意伸出貧窮的雙手擁抱貧窮，甚至還能跨足國際，克服不同國情與語言，將愛帶出去。

「當初我知道麥可是從臺灣來的，很驚訝他會從那麼遙遠的國度來幫助我們這裏的人。」葛蕾蒂絲雖然嘴裏常念著潘明水不按牌理出牌，滿腦子瘋狂念頭，卻也是十九年來最支持他的人。緊緊跟隨在潘明水身邊，是因爲認同與感動，對於今日自己也能走到國外，葛蕾蒂絲至今仍感不可思議，「我從來沒想過兩手空空的我，竟然有一天能像麥可一樣走向國際幫助別人。」

我笑著反問葛蕾蒂絲，「既然你兩手空空，那你是因為有什麼條件，所以才有膽量走到別的國家幫助別人？」

「我很富有啊！」葛蕾蒂絲佯裝氣憤，雙手插腰，但不一會兒就忍俊不住，撫著自己的胸口說：「我的愛很豐沛，而且我還有一分使命。」

葛蕾蒂絲是少數幸運可以每年回臺灣的祖魯族志工，常有機會見到證嚴法師。「我的腦海中常浮現一個畫面。每次上人要離開時，都會搖下車窗，探出頭來跟我們揮手道別。我認為，這分道別其實是為了送我們到國外的各個角落，當他的手和腳，去付出、去行善，拔苦眾生。」

就如葛蕾蒂絲說的，她們口袋或許沒有錢，但仍然沈甸甸地裝滿著使命。「心中有愛就不會是窮人，因為愛可以去包容所有人、愛所有人。」葛蕾蒂絲定定地望著我，說：「我們的使命是愛，給別人愛。」

在慈濟這個慈善團體裏，海外慈濟志工大多以臺灣人為主，要帶動本地人實為困難，何況是一群來自貧窮、歷經苦難的黑人？各國慈濟志工讚歎，見潘明水總要上前討教。

潘明水謙遜地說：「沒有大家想的那麼困難，在南非要帶本土志工出來

太簡單了！」他解釋，以往的種族隔離政策下，白人視黑人如賤民，潘明水雖然膚色曬得黝黑，在黑人的眼裏仍是白人族群，「我親近她們、擁抱她們，像親人一樣看待，她們很快就受到感動，這是社會背景的成全。」

布蘭達還記得第一次跟潘明水見面，他就給她一個熱情的擁抱，「當時我嚇傻了，他可是一名白人耶！」葛蕾蒂絲也不認同潘明水口中的謙卑，「麥可總是以身作則，身體再不舒服也要參與每一場活動；他也是我們的導師，適時地把我們拉回正軌。」

葛蕾蒂絲曾隨著潘明水赴聯合國參加婦女會議，也到美國巡迴演說分享助人經驗，臺面上的風光，讓葛蕾蒂絲原本單純的心蒙上一層自負與驕傲。眼見葛蕾蒂絲在讚美中迷失，潘明水直言心痛，對她說：「我好難過，以前跟著我一起在克難環境下做志工的人，已經不在了。」過往的回憶以及信念湧上心頭，葛蕾蒂絲流下眼淚，難過得連飯都吃不下。收起驕傲，很快又回到單純的自我。

幾年前潘明水的父親生病，他決定返回臺灣照顧父親，且原本以為可能再也無法回來。祖魯族志工們合力湊錢買了一份禮物送他，潘明水雖然收

葛蕾蒂絲是第一位受證慈濟委員的祖魯族志工，潘明水說她最「搞怪」，卻也是道心最堅定的人。

下，卻語重心長地說：「以後別再這麼做，你們要將這分心力放在更需要幫助的人身上。」

語言、膚色、成長環境皆不相同，祖魯族志工道心堅定，無疑是潘明水以心帶心，但他總愛這麼解釋：「她們和上人已有幾世紀的緣分，今世，剛好我喜歡開車在非洲的草原上跑來跑去，就那麼剛剛好遇到她們，幫她們與上人牽了線。」

地球村系列 004 · 非洲

來自非洲的33封信㊤

撰　　文／凃心怡
攝　　影／林炎煌

創 辦 人／釋證嚴
發 行 人／王端正
總 編 輯／王慧萍
主　　編／陳玫君
編　　輯／涂慶鐘
校對志工／張勝美、李秀娟、楊翠玉
美術編輯／林家琪
出 版 者／慈濟傳播人文志業基金會
　　　　　中文期刊部
地　　址／11259臺北市北投區立德路2號
編輯部電話／02-28989000分機2065
客服專線／02-28989991
傳真專線／02-28989993
劃撥帳號／19924552　　戶名／經典雜誌
製版印刷／新豪華製版印刷股份有限公司
經 銷 商／聯合發行股份有限公司
　　　　　23145新北市新店區寶橋路235巷6弄6號2樓
電　　話／02-29178022
出版日期／2013年12月初版一刷
　　　　　2014年 4月初版二刷
定　　價／全套新臺幣599元（上、下冊不分售）

國家圖書館出版品預行編目（CIP）資料

來自非洲的33封信／凃心怡撰文
一初版.一臺北市：慈濟傳播人文志業基金會，2013.12
652面；15×21公分一（地球村系列；4）
ISBN 978-986-6644-98-6（全套：平裝）
855　　　　　　　　　　　　　　　102025811

地球村系列